JN077959

花房観音

秘めゆり

実業之日本社

実業之日本社文庫

【目次】

秘めゆり

秘めゆり

夏の野の　茂みに咲ける　姫百合の　知らえぬ恋は　苦しきものぞ

大伴坂上郎女《おおとものさかのうえのいらつめ》

帽子を持ってきて正解だった。

六月の日差しは思ったよりも強く、時間によっては直接日が当たってきて、まぶしい。普段、外にあまり出ないこともあってすっかり日光に弱くなってしまった。

百合子《ゆりこ》は、京都駅から地下鉄で八駅の北山《きたやま》駅のすぐそば、古今の名画を陶器の板に転写して展示している、屋外美術館『陶板名画の庭』の手作り市で店を出していた。

日曜日、いつもより人は少ない気がする。こういう素人が出店する「手作り市」が増えたせいだろうか。朝から百合子のブースには、立ち寄って「可愛い」と言いながら見る客は数十人いたが、実際に購入してくれたのは十人もいない。

同じようにアクセサリーを売る店が増えたこともあるし、自分のは本当に素人の域を出ないものだからしょうがないかと思いながら、水筒に入れたお茶を飲む。

「どうせ趣味なんだから、売れないとか気にしなくていいだろ」

そう夫に言われたときは、表情には出さないようにしたが、内心ショックではあった。名のある会社に勤めている夫からすれば、百合子がこうして手作りのアクセサリーを売るのは、主婦の暇つぶしに過ぎないだろう。それでも「どうせ」なんて言葉を使って欲しくなかった。

西沢《にしざわ》百合子は四十二歳になった。京都の桂《かつら》に生まれ、父親は大学教授をしておりそこそこ裕福な家で育ち、小中高一貫教育から短大に進んだ。親のコネで大学事務員をしていた頃に、親戚の紹介で三つ上の西沢俊彦《としひこ》と出会い、二十五歳で結婚した。実家の近所に家を建ててもらい、俊彦の希望で仕事を辞め専業主婦となった。俊彦の実家は北海道で、兄夫婦と暮らしていることもあって舅《しゅうと》も姑《しゅうとめ》もうるさくないのは幸運だった。

俊彦はすぐにも子どもを欲しがっていたが、三十になっても妊娠しないのでふたりで医者に行って、百合子は子どものできない体質だということがわかった。俊彦は「気にするなよ。ふたりで子どものいない人生を楽しもう」と言ってくれたけれど、あのときから、百合子は俊彦に対する申し訳なさが、ずっと消えない。俊彦とて思うこともあるのだろうか、あれからセックスはなくなった。けれど、それが百合子には嫌ではなかった。

百合子は俊彦の前にはひとりしか男を知らなかったが、どうもセックスが好きではなかった。男の股間にぶらさがっているものを「愛おしい」とは思えないし、愛撫はともかく、挿入は本当に苦手だった。いつまでたっても慣れずに痛い。それを最初の男は「不感症じゃないのか、濡れないし」と言い放ったので傷ついた。だからセックスをせずに済むようになって、ホッとしたのだ。

子どもができないとわかったので、百合子はパートで飲食店のランチタイムだけ働きに出た。俊彦は接待等で飲んで遅くなることも多いので、時間が有り余ってしまう。

三十三歳のときに、ふと雑誌に載っていたのを見て、上賀茂《かみがも》神社で月に一度開かれている手作り市に行った。境内のあちこちで、パンやジャムにクッキー、バッグやスカーフ、アクセサリーなど、様々な手作りのものが売られている。安くて可愛いアクセサリーがたくさんあって、百合子は自分でも作りたいと思った。

もともと手先は器用なほうで、編み物や、簡単な縫い物もしていたが、結婚してから遠のいていた。キットを購入して、花をモチーフにしたブローチやピアス、ネックレスをシルクとビーズを使い作ってみた。そのうち、自分も出店したくなり、京都の手作り市に幾つか申し込んだ。その際に、「Lily《リリー》」という屋号にした。自分の「百合子」という名前の百合を英語にしただけだ。

思いのほか関心を持ってくれる人も多く、いくつか売れた。それが百合子には、うれしかった。自分のデザインで作ったものを、選んでお金を出してくれる人がいるのだ。

暇さえあればアクセサリーを作るようになって、業者に委託《いたく》してネットの販売もはじめた。儲かるどころか材料費で赤字だけれど、パートを減らし、制作時間に費やした。

手作り市は日曜日の開催が多いので、俊彦と休日どこかに出かけることもなくなったが、俊彦は俊彦でゴルフだの競馬だの外に出る機会が多く、文句を言われることもない。

親に建ててもらった家もあるし、夫の収入も悪くない。子どもがいないことを気の毒がられることにも、もう慣れた。好きなことをさせてもらい、不安などない生活のはずだった。

けれど、いつも寂しい。夜寝ているとき、ふと理由もなく涙が流れることもある。でも、この寂しさの正体を、どうして埋めたらいいのかもわからない。ただひたすら寂しさから目を背《そむ》けるかのように、アクセサリーを作り続けていた。

「素敵ですね」

声がしたので、顔をあげた。日差しが強くなり、うつむいていたので、女が目の前に立っているのに声をかけられるまで気づかなかった。柔らかい響きの声だ。

ショートカットがよく似合う、切れ長の目で色の白い女だった。ノースリーブのブラウスの袖から伸びた腕はほっそりとしているのに、豊かな胸のふくらみが目立つ。年齢は二十代後半か、三十代か。赤い口紅が小作りの顔に映える。

女は百合のブローチとピアスを手にとる。ピンクと黄色のグラデーションのシルクで作ったお揃いのものだ。

「これ、ください」

女から商品を受け取り、小さな紙の袋に入れる。この袋も百合子の手作りで、百合の絵を自分で描いた。

「ありがとうございました」とお釣りを渡す。

目の前にいる女の白い肌には、この色は映えるだろうとは思ったけれど、客に対して馴《な》れ馴《な》れしすぎる気がして、口にはしなかった。もともと百合子は人見知りで、こうして対面で物を売るときも、未だに緊張をしてしまう。

「家が近所なんで、ふらっと立ち寄ったんですが、面白いですね、こういうの」

女は立ち去ろうとせず、話し続ける。

「初めて来られたんですか、手作り市」

「そうなんです。近くでこういうのやってるのは知ってたけど、日曜日は遊びに行ったり家事に追われたりで、機会がなくて。隣の植物園にはよく行くんですけどね、花が好きだから」

陶板名画の庭の隣には広大な敷地を持つ京都府立植物園がある。中には温室などもあり、百合子も以前から、創作の参考のためによく足を運んでいた。

「陶板名画の庭も、初めていらしたんですか」

「実は初めてです。モネの『睡蓮《すいれん》』や、ミケランジェロの『最後の審判』、好きな絵があってビックリしました。しかも、想像以上に陶板が大きくて、迫力すごいですね。近所だし、いつでも行けるからって、なかなか足を踏み入れなかったんです。こんないいところだと知ってたら、もっと早く来たらよかった」

「京都は神社仏閣が有名だけど、府立植物園といい、こういう観光客が来ない名所が、地元民からしたら落ち着きますよね。私は家が桂だから、ちょっと遠いけど」

「植物園は、とにかく広いし、花の種類が多いから何度来ても飽きないし、ほんと素敵な場所です。手作り市も楽しいし、来てよかった」

そう言ってほほ笑む女の笑顔が思いのほか親しみやすく、百合子は自分の緊張がほぐれるのがわかった。

　女の耳にぶらさがっているピアスと胸元のネックレスは、フランスのブランドで、最初、女に声をかけられたとき、自分の手作りのものがみすぼらしく見えないかと少し心配していたのだ。

「あ、雨」

　女がそう口にして、知らぬ間に雨雲に覆われているのに気づいた。さっきまでの日差しが消えている。ポツリと落ちてきた雨は、急に容赦のない勢いで落ちてくる。百合子は急いで商品を仕舞い片付けるが、雨は止《や》まない。アクセサリーと、商品を置く小さなテーブルを大きいスーツケースに入れて片付ける間に、服が濡れてしまった。こんな状態では、今日はもう無理だろう。商品が濡れなかったことだけが幸いだ。

「大丈夫ですか？」

　片付け終わった瞬間に、女が傘を手渡してくれた。

「受付で借りてきたんです。うち近所だから、すぐに返しに行けるし」

「ありがとうございます。私は濡れてしまったけど、商品は無事だから、大丈夫」

　雨はさきほどよりはましだが、まだ降り続けてる。

「あの……うちに来て服を洗濯して乾かしませんか。そのままだと帰るのも大変でしょうし、雨が止むまで待つ場所もこの辺ないから」

　確かに、大きなスーツケースを持ってびしょ濡れの服のまま電車に乗るのは大変だし、タクシーとて嫌がるだろう。うっかり白いTシャツを着てきたので、透けて下着がくっきり見えるのもみっともない。

　けれど、いきなり会ったばかりの女の家に行っていいのだろうかと百合子は戸惑っていた。

「女のひとり暮らしなので、気を遣わないでください。本当にすぐ近くなんです。また雨が強くならないうちに、急ぎましょう。風邪ひいちゃいます」

　そこまで言われると断る言葉も見つからず、百合子は頷《うなず》いた。

　中根桃花《なかねももか》と名乗る女の住むマンションは、本当にすぐ近くだった。年齢は三十五歳の会社員で、独身のひとり暮らしだと話してくれた。１ＬＤＫだが広めなので、家賃は安くないだろう。

　百合子はシャワーを借り、その間に桃花に濡れた衣服を渡す。下着はさすがに抵抗があったが、着替えもないし、服に挟んでそっと渡した。

シャワーから出て、桃花が用意してくれた新品の替え下着と部屋着のワンピースを身に着ける。

御礼を言おうと桃花のほうを向くと、濡れた身体をぬぐった桃花がブルーの飾り気のないショーツ一枚で立っていた。白くて丸い乳房、腰はくびれているが、思ったよりも下半身はがっしりしている。でもそのアンバランスさが、色っぽかった。

桃花はガウンを羽織り、「身体冷えちゃったから、温かいお茶淹《い》れますね」と、台所へ行く。百合子はさきほど桃花の裸身が目に入った瞬間から、身体が熱くなっているのに気づいた。女同士なのに……と、緊張している自分がいた。

テレビを見ながらたわいもない話をしていた。桃花は東京に生まれ育ち、東京の大学を卒業して就職し、京都支社に配属されて長く勤めたが、二年前に今の会社に転職して伏見《ふしみ》から北山に引っ越してきたのだと聞いた。クラシックや西洋絵画が好きだということも。

二時間ほど経つと、雨で濡れた服が乾いたので、百合子は恐縮しながら御礼を言った。

話をしているときも、桃花のガウンの胸元の谷間を見ないように必死だった。

「また、遊びに来てください。雨がくれたご縁だから。この年になると、まわりの友達は子どもがいたりして疎遠《そえん》になることが多くて、新しい出会いがうれしいんです」

笑顔でそう言う桃花に、「はい」と百合子は返事をした。

＊

どうして、こんなことになってしまったのだろう——。

百合子は桃花の大きな乳房の重みを身体で感じながら、白い天井を見つめている。

視界は何度も、桃花の唇が合わさることによって塞がれる。

「百合子さん、肌きれい」

「恥ずかしい、桃花さんみたいにスタイルよくないから……胸もちっちゃいし」

「そんなことない、可愛い。ねぇ、ぎゅっと抱きしめて」

桃花に言われ、百合子は両腕を桃花の背に回し、力を入れる。きゃしゃな背中は、すっぽり自分の手の中に納まりそうだ。

身体をこうしてくっつけているだけで、幸せな気持ちになるなんて、知らなかった。さきほどから、裸になりキスを繰り返していると、酔っているかのように、何も考えられない。

両脚の間に潤いを感じているのなんて、何年ぶりだろう。もしかしたら、初めてかもしれない。臍《へそ》の下が、きゅうきゅうと鳴いているかのような切ない感触がある。なんで、どうして、私は、こんなことしてるんやろ――。

手作り市で出会い、北山駅近くの桃花の部屋で服を乾かしてもらってから、二週間後に誘われた。日曜の昼間にふたりは近くのレストランでフレンチを食べ、「くつろいで話しができるから」と再び部屋に行った。

普段はほとんど飲まないのに、桃花にすすめられたロゼワインが思いのほか口当たりがよく、おかわりまでしてしまったのが、よくなかったのかもしれない。

部屋でソファーに並んで座り、桃花との距離が近くて胸の鼓動が速まっていた。

「百合子さんの作った百合のピアス、可愛くてひと目惚れだったけど、百合子さんそのものだと思った。ふわっとして繊細で……私、男の人が好きじゃないんです。若いときから、何人かつきあって、友達ならいいけど、身体くっつけるのとか本当にだめで……女の人のほうが、きれいで、好き」

そう口にして、桃花が身体を寄せてきたときに抵抗しないどころか、全く嫌ではなかった。

「私もそうかもしれん。結婚してるけど、男の人として……気持ちいいと思ったことない」

百合子がそう言うと、桃花の唇で自分の唇が塞がれた。桃花の唇は、小さく、柔らかく、安心感があった。桃花の手が百合子の乳房にふれたときも、ただうれしかった。桃花は香水ではない、いい匂いがする。

そうして「ベッドに行きましょう」と誘われ、服を脱がされ、何の抵抗もなく裸で女と肌を合わせている自分に驚きながらも、安心感に包まれていた。

「あぁっ」

声が出てしまったのは、さきほどまで百合子の身体をなぞっていた桃花の指が、両脚の股の付け根にすべりこんできたからだ。

「ここ、濡れてる」

桃花の声に、羞恥心《しゅうちしん》がこみあげる。自分でもわかっていた。夫とのセックスではほとんど濡れず痛い想いをしていたのに、桃花と肌を合わせるだけで潤うなんて。

私も、男の人より、女の人のほうが好きだったんだ――ううん、桃花さんだから――。

「うれしい、もっと濡らして」

桃花はそう言って、指を動かす。細い指が細やかに動く。男の人とは、全然違う。男たちの指の動きはもっと激しくて、痛かった。挿入もそうだが、力を入れると女が気持ちよくなるだろうというのは勘違いだ。もっと優しく、大事なものが壊れないように、さわって欲しいのに。大切に扱って欲しい。

百合子はもう我慢できず、声を出していた。マンションで、しかも日曜の午後だから、人に聞こえたらどうしよう——そう思いながらも、耐えられない。

「百合子さんのここ、見たい」

桃花は指を離すと、身体を下にずらし、百合子の両脚を開いた。

「あかん、恥ずかしい！」

そう言いながらも、拒む力が百合子にはない。もう自分の意志で身体が動かなくなっている。昼間で窓から太陽の光が入るので、隠すものなどなく、すべて見られてしまっている。

「きれい。花のつぼみみたい。小さくて愛らしい」

桃花にそう言われて、羞恥心で顔が熱い。ここを他人に見られたのなんて、何年ぶりだろう。夫だって、たまに義務のように舐《な》めてくれたことはあったけれど、寝室の電気は消していた。異性より、同性に見られるほうが恥ずかしい。だって、同じものがついているのだもの。

桃花の顔が百合子の脚の付け根に埋まる。芯があるけれど柔らかいものが当てられ、腰が浮き上がりそうになる。

桃花の舌は、百合子の陰唇をはじくように舐めたあと、先端にある真珠のような小さな粒をくるむ。

「そこは、あかん……」

そう言いながらも、両脚で桃花の頭を挟んでしまう。まるで逃すまいとするかのように。桃花は右手で百合子の腰を押さえながら、左の手の中指をすっと百合子の陰裂に差し入れる。

「あぁ……」

十分に潤った秘苑の襞《ひだ》に包まれた桃花の指が天井を押さえながら出し入れされる。

その間も、ずっと桃花の唇は、百合子の粒を唇で挟んだままだ。

なんなん、これ——こんな気持ちいいの、知らん——。

「いい——良すぎる——」

ほとんど無意識で、そう口にしていた。百合子の声に応えるように、桃花の指の動きが速まり、臍の奥からの疼《うず》きが高まっているのがわかる。

「あっ！」

そう声を出してのけぞったのは、桃花の指の腹が百合子の身体の芯にふれたからだ。自分でも、そんなものがあるのは知らずに生きてきた、今まで誰もたどり着けなかったところへ。

「あああーーーっ！　そこあかんーーーっ！」

もう声を抑えることなどできず、思いっきり叫んでしまう。

「ここなのね、百合子さんのスイッチ」

桃花はうれしそうにそう言って、指の腹でその部分をこする。

百合子はシーツをつかみ、頭を激しく振って声をあげ続ける。絶対に、外に聞こえてしまっているだろう。でも、我慢できない。

桃花がようやく指を抜き、粘液をまとったその指を百合子の前に見せる。

「ほら、百合子さんのいやらしい蜜が、こんなに」

そう言って、桃花は自分の指を口に入れた。

「汚いのに」

「汚くなんかない、百合子さんのだもの」

その言葉に、百合子の胸が喜びで締め付けられる。。無意識に自分から桃花を抱き寄せ、唇を吸って舌をからませていた。

「百合子さん、感じると、『あかん』って言うんだ。京都の女の人だもんね、可愛い」

「……さっきの声、隣の部屋に聞こえてる。ごめんね、近所迷惑で」

「そんなこと気にしないでいいの。隣の部屋は、男の人がひとりで住んでる。前から顔を合わすと声かけてきて、ちょっと鬱陶《うっとう》しいの。『彼氏いないんですか』とか聞いてくるし」

「――彼氏は、おらへんの」

百合子は、おそるおそる聞いてみた。

「いるわけないじゃないの。私は女の人が好きだって言ったでしょ。学生時代は男の人ともつきあったことあるけど、ダメだった」

桃花なら、さぞかし今まで男性の気を惹《ひ》いただろうにと百合子は思った。

「でも、モテるやろ」

「若い頃はね。今は三十過ぎて、独身主義だと思われてるのはいいけど、既婚者が遊び相手にいいって思うみたいで声かけてくるのが、鬱陶しいね」

「なんで、私に」

不安だった。自分など、パッとしない四十を過ぎた主婦だ。外で働くのをやめてから、身を飾ろうとも思わなくなってしまった。細身ではあるけれど、胸もなく、くびれもなく、色気もない。顔だって、昔は目が大きく丸顔で、人によっては「可愛い」とは言われたが、今ではただのおばさんだ。

「手作り市で、帽子をかぶって俯いている百合子さんを見たとき、寂しそうだなって、抱きしめたくなった。この人と、仲良くなりたいって……雨で濡れたとき、チャンスだと」

桃花はそう言うと、百合子の顔を自分の胸にうずめさせる。

柔らかく、大きな乳房だ。

女の人の身体って、きれいで、すべすべしていて、いい匂いがして、何より安心感がある。

男とセックスするときは、いつも嫌われないように、望みに応えないといけないと考えていたことに気づいた。私は、男の人が怖かったのだ。挿入されることは、攻撃のように感じていた。だから濡れなかったのかもしれない。

桃花となら、シーツを汚してしまうほどに、溢《あふ》れさせてしまうのに。

「……嫌われなくて、よかった」

桃花がそう言った。

「なんで、私が桃花さんを嫌うの？」

「だって……私が好きになっても、私のこと受け入れられない人は、多いもの。ほとんどの女の人は、男のほうが好きで……世の中は、それが当たり前になってるでしょ。だから私は、今まで学校でも会社でも、家族にも友人にも、みんなに嘘吐《つ》いて生きてきた。結婚しないの？　って、散々言われるし、彼氏がいないなんて何か問題あるんじゃないかとか言われたり、偉い人の愛人やってるんだろとか……。だから友達も少ない。嫌わないにしても、レズビアンてどんなセックスするのとか、好奇心でズケズケ踏み込んできたり、男との気持ちいいセックス知らないからレズビアンなんだろとか言ってくる人もたくさんいるよ。好きになった娘《こ》に勇気出して告白して、『気持ち悪い』って言われたこともある」

桃花の表情が憂い、百合子の胸が痛む。

自分など、当たり前に男と結婚し、夫に養われて生きてきた。桃花のように、「男が好きではない」から傷つけられたことはないけれど、実のところ、セックスが気持ちよくない自分はおかしいのだろうかとも思ったことがある。

そもそも、男と女の性別の境目ってなんだろう。まさか今日まで、自分が女の人と、こんな自然にセックスできるなんて知らなかった。そして、夫とのセックスよりも遥かに感じて、相手を愛おしいと思えた。

「夏の野の茂みに咲ける姫百合の知らえぬ恋は苦しきものぞ――」

ふいに、桃花がそう口にした。

「何、それ」

「万葉集に出てくる大伴坂上郎女《おおとものさかのうえのいらつめ》の歌。想う人に知られない恋は、なんて苦しいものかって……大学で国文科だったので、万葉集好きなの。私は、ずっと誰かを好きになっても、秘めることしかできなかった。特に若い頃は、嫌われる度に傷ついて、女しか好きになれない自分を責めて……だから苦しかった」

桃花の目がうっすらと潤っているのに百合子は気づく。

「私には、なんで」

「本当はドキドキしてたよ。百合子さんに近づいて、ふれて、嫌がられたら『冗談よ』って言って、そこで気持ちを終わらす気だった。でも、応えてくれたから、嬉しくて」

「私は、桃花さんを嫌いになんかならへん」

「……好きって言ってくれたらうれしいな」

「桃花さん、好き」

百合子がそう口にすると、桃花は百合子の唇を塞ぎながら、再び指を両脚の隙間に伸ばしてきた。

頬《ほお》に冷たいものが伝わる。

百合子は自分が泣いているのに気づいた。

「なんで泣いてるの」

「わからへん……気持ちいいから……」

「それなら、もっと気持ちよくしてあげるから」

桃花の指が百合子の裂け目にふれ、自ら力を抜いて受け入れようとする。

女同士で抱き合うのって、こんなに幸せなんだ——。

百合子は再び自分の身体の奥から、どろりとした熱い汁が溢れている感覚を味わった。

＊

「ただいま」

「お帰りなさい」

桃花と抱き合ってから、二週間が過ぎた。あれから、また一度、桃花の部屋に行き、一緒に過ごした。桃花と出会ってから、それまでいかに自分が普通に暮らしているつもりでも、つまらない生活をしていたのかわかってしまった。桃花と会うことで、生きている喜びを味わっている。桃花の顔が一日中、頭から離れず、思い出すだけで身体が熱くなる。

そして、桃花のことを考えているときが、一番幸福なのだ。アクセサリーを作っていても、桃花に似合うものがいいと考えて手を動かしていた。

とはいえ、桃花との関係は秘めたままにしないといけないと、家では今まで通りにしていたし、夫も何かに気づいている様子はない。自分がこの生活を捨てる勇気がないこともわかっている。

「今日、珍しいやん、家で晩御飯食べるなんて」

「会食が急にキャンセルになったんだ」

俊彦はそう言って、ダイニングテーブルに腰掛ける。

「急だったから、たいしたものないけど……カレーとサラダぐらい」

「それで十分だ。腹満たせばいいんだから」

百合子の目の前で、美味しいとも何も言わず俊彦はカレーを口に入れていく。

腹満たせばいい――妻の作る料理など、それだけのものだ。

この人は、自分に関心がないのだというのに、やっとわかった。

桃花と出会ってからの百合子の変化にも気づくわけがない、妻に興味などないし、見てはいないのだから。

夫にとって自分は、都合のいいときに食事を用意し、洗濯と掃除をしてくれる、社会的なパートナーに過ぎない。本当はわかっていたけれど、子どもができない罪悪感で、自分の意志など持たず、夫の望む関係を受け入れてきた。

夫が浮気をしていることも、見て見ぬふりをしていた。ずっと前から、知っていた。子どもができないとわかってから、夫はときどき女の気配を漂わせたまま家に帰ってくる。

夫のワイシャツにファンデーションがついていたことも一度や二度ではない。女から電話がかかってくると、急いで寝室に行き、小声で何やら話している。こちらは何も聞かないのに、戻ってきて「部下が急なミスして、困ったよ」と、言い訳をする。百合子のほうは、誰からどういう電話なのかとか、一度も聞いたことがないのに。

「接待」で、土日や平日の夜に出かけるのも、すべてが嘘だとは言わないが、女と一緒なのはわかっている。夫は明るく社交的で、見栄えも悪くないから、好意を持つ女もいるだろう。家に無言電話がかかってきたことも、昔はあった。

夫に女がいても、傷つきなどしない。むしろホッとしていた、自分はセックスをしたくないのだから、他に夫の相手をしてくれる女がいたら助かるぐらいに思っていた。それでもこの生活を脅かされる不安もなかった。

「あー、腹いっぱい」

「珈琲でも飲む？」

「うん、頼む」

百合子は立ち上がり、ドリップで珈琲を淹れ、俊彦の前に出した。

「そういえばな」

俊彦が一口飲んでテーブルにカップを置いたあと、口を開く。

「うちの会社の娘《こ》でさ、今日、定時に会社出たとき、最寄りの駅で一緒になったから声かけたんだけど、その娘の耳についてたピアスが、お前が作ってるようなやつで」

「手作りっぽいの？　花の形の」

「そう。いつも彼女は、シルバーのシンプルなやつだから、珍しいなと思ったんだ、ふわふわした大きめのピアスが。というか、さっきまではシルバーだったのに、会社を出るときにピアスだけ替えたんだなと思って、『可愛いやつつけてるな、デート?』って冷やかしたら、『クラシックのコンサート行くから、おしゃれしてるんです』って苦笑いしてた。二年前に転職してきた娘で、美人なのに独身で男の気配もないから、会社の連中は不倫でもしてんじゃないかって噂してる」

百合子は珈琲に口をつけようとしていたが、手が止まる。

「私の作ったようなピアス……どんな花だった?」

「百合の形だった。うちの嫁が、花の形のアクセサリーとか作ってたまに店出してるって話は、以前、その娘にしたことがあって、興味持ってたから、そういうの実は好きなんだろうな」

どんな人なの——と、百合子は問いかける。

「胸が大きくて、男好きしそうな身体で、営業先でも『愛人タイプだ』『きっとお手当くれる金持ってる男がいるんだよ』とか言われてるけど、人づきあいしないし、人と群れない変わり者だよ。仕事はよくできるから、問題ないけどな。大学は国文科出て古典も好きらしくて、北山でひとり暮らししてて——」

嬉しげに話す夫の表情で、わかってしまう。夫はその女に好意を抱いていると。だからピアスも目に留まったのだろう。関心のない女のアクセサリーなど、男は気にも留めない。

そして、その女に、自分は覚えがあった。

「名前も、AV女優みたいでさ、『桃花』って。会社の男たちが、AV出たら買うよななんて酒の席でよく話してる」

そう言って、夫はにやりと下卑《げび》た笑みを浮かべる。

職場の女をそういう目でしか見られないのか——と、百合子は自分の中から嫌悪感が湧き出してくるのが止められない。

「お風呂沸いてるから」

百合子は、会話を断ち切るために、そう言った。夫も、さすがに喋りすぎたのに気づいたのか立ち上がった。

＊

「どうして、偶然のふりしたん？」

「……ごめんなさい」

夫から桃花の話を聞いた翌日の夜、百合子は桃花に「夜でいいから会いたい」と告げて、北山のマンションに来た。

ソファーに並んで座り、桃花が冷蔵庫から出してきたチューハイに手をつけることもなく、百合子は桃花の顔をじっと見つめる。

「最初は、好奇心だった。西沢さんには、ずっと口説かれてたけど、逃げてた。同じ会社の人だから、冷たくすることもできなかった。一度仕事でふたりで日帰り出張に行ったときに、奥さんのことを聞いてみたの。どんな人なんですかって。専業主婦で趣味で花のアクセサリー作って、たまに売ってるって。『Lily』って屋号なんだって聞いた。西沢さんは以前から社内で何人かの女性と噂があって、そういう人の奥さんて、どんな人なんだろうって思ってて……。あと、手作り市にも興味があったし、家の近くでやってるので、ふらっと寄ってみたら」

「私が、いた」

「あとは、嘘じゃない。なんだかこの人、寂しそうだな、私と同じだって思ったら、抱きしめたいって衝動にかられて……好きになったのは、本当。でも、ごめんなさい、西沢さんの奥さんだってこと知ってて、それをすぐに話さなかったのは私が悪い。でも、誤解されたら嫌だなって」

「誤解って、何を？」

　そう言いながら、百合子は桃花の手を握った。冷たい手が痛々しい。

「西沢さんとできてるんじゃないかとか……愛人が妻に近づくって、ある話でしょ。私、本当に男の人に興味ないのに、よく誤解されるの」

　夫が桃花を口説いていると聞いても、百合子には全く嫉妬の感情は湧かなかった。それよりも、夫になびかない桃花が、自分を求めてくれたのがうれしかった。

　今まで平気なつもりだったが、夫が自分に興味を無くし、女遊びをすることにもしかしたら傷ついていたのかもしれない。自分だとて、夫に興味がないくせに、身勝手な話だが。

「あのね、桃花さん」

　百合子は自分のほうから桃花に身体を寄せる。

「怒ったりなんか、しぃひん。むしろ、桃花さんと知り合うきっかけを作ってくれた夫に感謝してる。うちの夫婦、もう十年以上、セックスしてへんし、お互いしたいとも思わへん。子どもができなかった心苦しさもあったから、いろんなことを諦めてた。人を好きになることも――」

そうだ、好きだから、桃花と肌を合わせたとき、あんなにも濡れて気持ちよかったのだ。

私がずっと本当に求めていたのはこれだったのだ——そう思えた。

「だから——」

百合子は言葉を止め、桃花の唇にキスをして、舌をいれる。柔らかな舌をくるみ、絡ませるだけで、身体の芯が熱くなる。

「百合子さん、私も、好き。一緒にいると、すごく幸せで……私、本当はずっと寂しかった。愛し合える人が欲しかった」

桃花の目が潤んでいた。ふたりは服を脱がせ合いながら、ベッドで横たわる。

「私、会社から帰ってきたばかりだから、シャワー浴びてないし、汗かいてる」

「気にせんといて。桃花さんは、ぜんぶ綺麗やから。汗かいても、匂ってても、綺麗」

「いやっ」

桃花が恥じらって顔を隠す。確かに、今日の桃花はいつもの休日のボディソープの匂いではなく、香水と汗が混じった香りを発しているが、それが欲情をそそる。

「桃花さん、私、桃花さんの秘密の場所、ゆっくり見たい。自分以外の女の人のあそこ、ちゃんと見たことないから」

「……恥ずかしいけど、百合子さんなら」

桃花はそう言って、身体を起こし、膝を立て両脚を開く。

その間に、百合子はすっと身体をすべりこませる。目の前に、むわんと汗交じりの匂いのする繁みがあり、繁みの草に囲まれるような薄い花びらがあった。花びらの合わせ目からは、白い蜜が今にも流れそうにたまっている。

「桃花さん、ここも綺麗や」

「毛が濃いのがコンプレックスなの。レーザー脱毛して、全部抜いちゃおうかって思ってる」

つるつるになった桃花の性器を想像して、百合子は喉が鳴ってしまった。

「舐めていい？」

「いいけど、百合子さん、初めてでしょ、女の人の、舐めるの。気を遣わなくていいのに」

「気なんて遣ってへん、見てたら、可愛らしくて舐めたくなった」

「うれしい」

そう言って、桃花は腰を突き出し、両脚をさらに広げる。

百合子は顔をうずめ、繁みの間を探るように舌を動かした。どうしたら気持ちよくさせられるのか、わからない。けれど、女のものを舐めるのには全く抵抗がなかった。男の肉の棒を舐めるときは、いつも内心、早く終わらせたいと思っていたのに。

桃花のその部分は、酸味交じりの匂いが漂っていた。百合子は最初はただぺろぺろと舌をむやみに動かしていたが、そうだ、一番感じるところは、私と同じなのだと気づき、小さな粒を口に含む。

「……百合子さん、そこは……優しくしてね」

桃花の言葉に応えるように、壊れやすいガラスを両手で包み込むように、力を入れぬように気をつける。ここを強く刺激されると痛くて快感どころではないのは、自分も知っている。

「ぁあっ、気持ちいい」

桃花の腰が浮き上がる。感じてくれているのが、嬉しい。

百合子は舌の先端を尖らせ、そっと百合子の粒をつつく。

「あんっ！」

桃花の声が高まった。初めて女の人のを舐める自分に、反応してくれるのだ。

「百合子さん……私も、したい。お尻を、私の顔の上にもってきて、互い違いに重なって」

百合子は羞恥心を感じながらも、言われた通りに、横たわる桃花の顔の上をまたぐ。これで、お互いがお互いの性器を目の当たりにする形になる。

夫とつきあいはじめの頃、この形を望まれたことがあるが、あまりにも恥ずかしくて嫌がってしまい、夫もそれ以上無理強いはしなかった。けれど、桃花なら、できる。桃花なら、どんなことでも許せる気がするのは、安心感があるからだ。

それは自分と同じ身体を持つというのもあるかもしれない。自分は結局のところ、桃花と同じく、男の人が好きではないのだ。今まで、それに気づかなかっただけの話だ。レズビアンなのか、そうではないのかも、わからない。桃花以外の女とは、こういうことをしたいとは思わない。好きな人がたまたま女だったのか、もともと女が好きなのか――でも、そんなことはどうでもいい。

今、目の前に、好きな人がいる。それだけは確かだ。

さきほどまで閉じていたはずの桃花の花びらは、開いて白い蜜と百合子の唾液が混ざり合い、濡れている。自分だとて、奥から熱いものが溢れていて、桃花の顔を汚してしまうだろう。

「舐めて——」

桃花の声に合わせ、再び百合子は顔をうずめる。自分の股の付け根に柔らかいものがあたる感触があった。

お互いに女の秘めた部分を舐め合うなんて、傍から見たらなんて恥ずかしい格好なんだろう。でも、それがすごく嬉しい。

「もっと、いっぱい愛し合おうね」

桃花の声が聞こえた。

「うん、嬉しい。桃花さん、大好き」

「私も」

そう言って、お互い、また顔を股間に埋もれさせ舌を動かす。

肉体はどこもかしこも重なり合い、肌が密着し、汗がにじみ潤っていく。感じれば感じるほどに、女の身体は美しくなっていく。

桃花の花弁を唇で含みながら、ふと百合子の脳裏に夫の顔が浮かんだ。

夫が、この光景を見たら、どう思うだろうか。自分が口説いている女が、自分の妻と性器を舐め合っているなんて。

秘めなければいけない、この恋は——。

そうするべきなのに、百合子は夫の驚く顔を想像し、どこか得意げになっている自分に気づいていた。

雪の跡

跡つけし　その昔こそ　恋しけれ　のどかにつもる　雪を見るにも

小侍従《こじじゅう》

あまりにも白く柔らかで雪のような肌だから、跡をつけたくなると、あなたは何度も口にしました。けれど、雪と違うのは、温かく自分を包み込んでくれるところだ、とも。肌だけではなく、身体の芯までも。

私のすべてが、あなたを受け入れるのは、愛しているからです。

あなたは最初に私を抱いたあと、私の乳房に歯を立てました。少し痛みはありましたが、あなたと肌を合わすことができた悦《よろこ》びで、その痛みすら私にはうれしかった。あなたの歯の形の跡が、紅《くれない》に染まりました。

本当に、軽くだったので、次の日には消えていましたが、その夜、家に戻りひとりになると、何度も自分の乳房を眺めてあなたとの記憶にひたっていました。

あのとき、私は二十五歳で、あなたが初めての男でした。男のものが入ってくるときには、覚悟していたとはいえ「痛い」と声が出ました。けれどそれは一瞬のことで、すぐに私の身体はあなたになじみました。

あれから何度、肌を合わせたのでしょう。最初の頃は、嬉しくて手帳にハートのマークをつけていたのですが、あなたと抱き合うことが当たり前になってからは、それもいつしか忘れてしまいました。

十五年間、です。遅めの初体験を、高校時代の担任であったあなたと再会して済ませてから、長い月日が流れ、私は四十歳になりました。一回り上である、あなたは五十二歳です。

私はこの十五年間で、家を出てひとり暮らしをはじめ、会社を辞め、今は独立してデザインの仕事とイラストを描いて、生活できるぐらいにはなりました。

あなたは変わりません。ずっと高校教師で、同級生の奥さんがいて……お子さんも、ひとりは大学を出て就職し、もうひとりは京都では名の知れた大学に入り、あなたは私の前でも自慢げでした。

あなたはこの十五年、私以外の女性を抱いたこともあるでしょう。あなたは優しい人だし、見栄えも悪くない、穏やかで親切だから、そういう機会もあったはずです。

けれど私は、この十五年、あなたしか知りません。機会が無かったわけではないけれど、踏み越えることができなかったのは、結局のところはあなたのことが好きだったからです。

もちろん、何度も悩み、苦しみました。あなたは私がひとり暮らしをはじめたマンションを訪れたとき、「妻とはもう男女の関係じゃないし、欲情もしない。俺は椿《つばき》とずっと一緒にいたい」と、口にしたことがありました。

「ずっと一緒にいたい」というのが、妻と離婚して私と結婚するという意味ではなく、婚姻関係を続けたままで、私ともつきあっていきたいという意味だと気づいたのは、もっとあとのことです。

＊

女子高の教師だったあなたと再会したのは、十五年前、この時期、哲学の道沿いにある法然院《ほうねんいん》というお寺でした。

谷崎潤一郎《たにざきじゅんいちろう》や稲垣足穂《いながきたるほ》のお墓がある浄土宗《じょうどしゅう》系のお寺です。あの頃の法然院は、知る人ぞ知る程度のお寺で、いつも静かな場所だったのですが、昨今は観光客も増えてしまいましたね。

あの日は、朝から雪が降っていました。ふわりと手のひらの上で解けてしまう柔らかな雪です。私は大学を卒業してデザイン会社で働いていましたが、もともと人と話すのが苦手で友人もおらず、会社でも飲み会に行くのが苦痛で断ると、浮くようになりました。

それでも淡々と仕事はしていたのですが、人づきあいはいいけれど、私よりもセンスがない、仕事が遅い後輩に、良い仕事が行くようになると、結局実力や努力よりも人間関係なのかと、虚しくなっていたのです。

私はこのように不器用な性格で、恋人もいませんでした。大学時代に、告白されつきあったことはあるのですが、どうしてもその人のことが好きになれず、唇を合わせたときに「無理だ」と思って別れを告げました。

特に潔癖《けっぺき》なつもりではないのですが、男の人と肌を合わせる機会なく二十五歳になりました。その引け目もあり、職場の女性たちが集まり、恋愛の話になっても苦痛でしかなく、処女だと知られたら笑いものにされるかもと、誰にも言ったことはありません。

あの日、法然院に行ったのは、雪の椿を見たかったからです。京都を主な舞台にしている写真家の本のデザインをした際に、法然院の庭、雪がかぶさった椿の写真が綺麗で、いつかこれを実際に見たいと願っていたのでした。私の名前は、子どもの頃に亡くなった父が、椿の花を好きだったからというのもありました。

そうして私は雪が解けぬうちにと、昼前に家を出て法然院に向かいました。昼頃には雪は止《や》んでいましたが、砂利《じゃり》の上にうっすら白く残っています。歩くと、雪に私の足跡が残ります。椿は満開とは言えませんが、三分咲きで緑の葉と白い雪の狭間から、鮮やかな紅の色を見せています。

私はカメラを取り出し、写真を撮りました。撮り終えて、人気《ひとけ》のない境内《けいだい》を少し歩こうかと奥に進みます。音もなく、静かで、清浄な空気を吸い込むと心がふっと軽くなりました。あとで考えると、この頃は眠れない夜もあり、会社の人間関係がずいぶんとストレスになっていたのでしょう。

跡つけし　その昔こそ恋しけれ　のどかにつもる　雪を見るにも

「新後拾遺和歌集《しんごしゅういわかしゅう》」に収められた、小侍従《こじじゅう》の歌が浮かびました。もともと古典にも和歌にも、興味はありませんでしたが、写真家の本を作ったときに、歌を詠んだ小侍従が雪の法然院の椿に添えた歌が、印象に残っていたのです。

ぐるっと境内を見たあと、山門の外に出ると墓地があります。そういえば、ここに谷崎潤一郎の墓があったと、私は墓地に足を踏みいれました。特に谷崎を愛読していたわけではありませんが、先日、仕事で京都大学に行った際に、近くにあった書店に入ると、谷崎が描いた額が掲げてあったのを見つけたのです。「春琴堂書店《しゅんきんどう》」という小さな本屋でした。あとで知ったのですが、谷崎潤一郎が京都にいたときのお手伝いさんが開いた本屋さんなので、谷崎の「春琴抄《しゅんきんしょう》」にちなんだそうです。

墓地はそんなに広くなく、山側に人がいるのが見えました。黒いコートを着てかがんでいた男性が、すっと立ち上がったのが目に留まり、まさかと思ってじっと見ていると、男性と目があいました。

静寂の中で、男の低い声が響きます。

「松原《まつばら》か？　松原椿」

「先生」

私は速足で男性のいるところに向かいます。

「こんなところで会うなんて、久しぶりだな」

細面《ほそおもて》に、眼鏡の奥の笑うとなくなる目——あなたは八年前と変わりませんでした。そして一介の教え子に過ぎない私のことを覚えてくれていたのが、嬉しかった。

「三木原《みきはら》先生、お久しぶりです。なんでここへ」

「朝から雪が降って、ふと谷崎の墓が見たくなった」

その言葉で、いろんなことが蘇《よみがえ》りました。あなたは、高校三年生のときの担任で、国語教師でした。授業の合間に、谷崎潤一郎で卒論を書いた話を耳にしたことがあります。

当時まだ若かったあなたは、生徒たちの人気者でした。先生の授業は脱線が多いと、大学入試の勉強に熱心な生徒からは文句も言われていましたが、教科書に登場する文学作品を深掘りして楽しく語ってくれるので、私は国語の授業が楽しみになりました。

私が美術系の大学に進学したいと口にすると、「若いときはやり直しがきくんだから、好きなことにチャレンジしたほうがいい」と背中を押してくれたのもあなたです。美術の女の先生には「食べていくのが難しい世界よ」と遠回しにやめろと言われていたので、とてもうれしかった。

そのあなたと、まさか法然院で再会するとは思いもよりませんでした。

「谷崎の墓、隣にある桜が咲いて、春は綺麗なんだ」と、先生が口にしました。初めて見る谷崎潤一郎の墓には「寂」という字がありました。谷崎は結婚も三回して、生涯女性に囲まれていたはずなのに、「寂」なんて思っていたのだろうかと、当時の私は理解に苦しみました。

せっかくだからとあなたに誘われて、ふたりで近くのカフェに行きました。人づきあいが苦手で、男の人と仕事の打ち合わせ以外でふたりでご飯を食べるなんてことは、普段は全くしないのですが、あなただからと心を許していました。

私は久々にあなたに会えてホッとしたのか、あのときはずいぶんと仕事の愚痴を吐き出してしまった記憶があります。そうして「話ならいつでも聞くよ」というあなたの親切に甘え、一週間後に今度は夜に一緒にお酒を飲みました。「人間関係を築くのが苦手」という話の流れで、私はまさに酔っているからとしか言いようがないのですが、男の人を知らないのだと口にしました。

あなたが驚いた顔をするので、「やっぱり私、おかしいんでしょうか」と言ってしまいました。そのとき私が泣きそうな顔をするので、抱きしめたい衝動にかられたのだと、あなたにあとで聞きました。

「そんなことない。でも、昔から、色が白くて綺麗な子だなと思ってたから、意外だ」と返され、「誰も私なんかに興味持たないです。女として魅力ないから」と口にした際に、私はあなたに抱かれることを望んでいたのかもしれません。

店を出て、タクシーに乗り、あなたはホテル街の場所を告げていました。タクシーの後部座席であなたは私の手を握り、私はその温かさが心地よくて、あなたに家庭があることなんて、どうでもよくなっていました。

そうして私はあなたと結ばれました。幸せという言葉は、こんな夜のためにあるのだと思いました。

＊

私はあなたとしか寝たことがないけれど、セックスという行為が、どれだけ素晴らしいものであるか、知っています。あなたは「椿は、俺のものだ」と言って、私の首筋や乳房、時には尻や太ももを強く吸い、自分の跡をつけます。それが私には、うれしかったのです。所有されるのが、幸せでした。

私は特に美人でもなく、スタイルだってそんなにいいわけではないつまらない女です。けれどあなたは、「肌が白くて美しい。柔らかくて抱き心地がいい、男にとっては最高の女だ」と、言ってくれます。

あなたしか知らない私は、言われるがままに上になって腰を振り、あなたの股間の肉の棒だけではなく、そこと袋を結ぶ筋も舐《な》め、玉を口にして歯を立てず弄《もてあそ》ぶことも覚えました。

あなたはときどき、自分はあおむけになったまま、私があなたに背中を見せる形で上になるように求めました。私が上下に身体を動かすと、「お尻の穴も、つながったところも全部見える」と、口にします。

恥ずかしくてしょうがなくて――でも、それで興奮してしまったのも、あなたのせいです。あなたと再会した半年後に、私は会社を辞め、独立を機に、哲学の道の近くのマンションでひとり暮らしを始めましたが、ユニットバスではなく、広めのお風呂の部屋にしたのは、あなたと一緒にお風呂に入るためでした。

あなたは、戯《たわむ》れに、湯船のへりに私を座らせ股を開かせて、泡立てた石鹸《せっけん》を十分につけたあと、私が腋の毛を処理するために使っていた剃刀《かみそり》を動かします。じょりじょりという音と、刃が敏感な部分のまわりをなぞっている緊張で、私の臍《へそ》の下が熱を帯びてきました。

「ほら、綺麗になった」

あなたはそう言うと、シャワーで石鹸を落とし、そのまま口をつけて吸い込んでくるので、私は大きな声をあげてしまいました。

「右のほうが少し大きいけど、椿はここも綺麗だ」

そう言って、あなたは割れ目をなぞるように舌を動かします。浴室の明るい光のもとで、何もかも曝《さら》け出してしまって、身体の力も失った私は自分から腰をあなたに押し付けるように動かしているのに気づきました。

あなたにより、男を知らなかった私の身体が変わっていきます。背中を指先でふれられるだけで、全身に震えが走り、声が出ます。「椿は、敏感な身体だ。本当にいい女だ」と、あなたはうれしそうに言いますが、私はどこをふれられても悶《もだ》えてしまう自分が恥ずかしくてなりません。

あなたとつきあってセックスの悦びを覚えた頃から、私自身の性格も変化していきました。

毎週、あなたと抱き合って褒められる度に、私という人間にも価値があるのだと考えられるようになったのです。それまで、本当に人と話したり飲みに行くのも苦手だったのですが、仕事の際に、表面的ではありますが、以前よりコミュニケーションがとれるようになりました。自分という人間に自信が持てるようになったのは、あなたとのセックスのおかげです。

そうなると仕事も順調になり、状況も変わり、フリーのデザイナー、イラストレーターとして生活ができるようになりました。あなたと愛し合うことで、それまで私が恐れていたものと対峙できるようになったのです。

あなたは私を否定したりすることは一切なく、私を抱き、自分の跡をつけて夜中に帰っていきます。泊まることはありませんでしたけれど、家庭がある人だというのは最初から承知していましたし、何よりも与えられる幸せの大きさに、私はあなたに何も望まないようにというのは決めていました。

周りに結婚しないのか、恋人はいないのかと問われる度に、興味がないのと自立した女のふりをしてごまかしてきました。友人たちが次々と結婚し子どもを産むのを、他人事のように眺めながら、長い年月を過ごしてきました。

私はあなたと一緒にいるだけで幸せ――のはずでした。

なのに、四十歳の誕生日の翌日に、私はあなたにメールを送りました。

一ヵ月後に引っ越しします、あなたとの関係を終わりにしますと書いたメールです。家に戻る途中で読んだのか、あなたからはすぐに電話がありました。

「どうして」と問われたので、「先生を嫌いになったわけではないけれど、四十歳になり、けじめをつけないといけないと思いました」と、答えました。

「そうか……椿のことは愛しているけれど、女の人は、子どもを産む年齢もあるし、いつまでも俺が縛り付けておくわけにはいかないよな」

子どもを欲しいと思ったこともないし、他に結婚したい男がいるわけでもないけれど、私は「うん」とだけ頷《うなず》きました。あなたは、別れたくないとは言いませんでしたが、私が「最後に一度だけ会いたい。ちゃんと顔を見てお別れしたい」と言うと、「俺も」とだけ呟きました。

その声に、寂しさよりも安堵の響きを感じるぐらいには、私は冷静な大人になっていました。

＊

あなたは部屋に入るなり、後ろから私の首筋に口をつけ、強く吸いました。それだけで私は全身が震え、力が抜けて、「あっ」と声が出てしまいます。

「シャワーは……」

「いらない。椿の匂いを嗅ぎたい」

そう言ってあなたはいったん身体を離すと、私の服を脱がします。ニットのセーターの下にはブラジャーはつけていないので、乳房がむき出しになります。スカートを脱がし、最後の一枚もあなたに剝《は》がされました。

「私だけ裸じゃ恥ずかしい」

十五年間、何度も抱き合いお互いの裸など見慣れているはずなのに、あなたの前で裸体を晒《さら》すのが恥ずかしいのは、私が欲情しているからです。あなたの視線により、臍の下から熱が全身に広がり、私はいやらしい女になっていきます。

あなたは自分で服を脱ぎ、私をベッドに横たわらせ、覆いかぶさり、強く唇を吸いました。私は無意識で抵抗を示すかのように、あなたの唇の中に自分の舌をねじ込み、からませます。

あなたがいったん離れ、じっと私の顔を見ながら、「いやらしい女になったな」と口にするので、「先生のせいです」と、私は言って、自分の顔が熱を帯びているのがわかりました。きっと耳と首筋が、赤くなっているでしょう。

感じるとそうなるのは、あなたに教えてもらいました。だから「演技じゃない、本当に気持ちよくなってくれてるのがわかって嬉しい」と、喜ばれます。

私はあなたしか男を知らず、あなたにふれられると嬉しくて、気持ちよくて、だから演技なんて、したことがありません。

あなたは私の左腕を上にあげさせると、腋の下に顔を埋めました。あなたはここを舐めるのが好きで、最初の頃は、手入れも剃刀で剃っていただけだったので、恥ずかしくてしょうがなかった。夏などは、シャワーを浴びても汗の匂いが残っているような気がします。私が恥ずかしがるのが可愛いのだとあなたは口にして、何度も腋の下に舌を這《は》わしました。こそばゆさの先にある、ゾクゾクしたものがこみあげてきて、私は声をあげてしまいます。

あなたは次に、私の二の腕に唇を這わせ、ちゅううっと強く吸いました。あなたは、また私の身体に跡をつけようとしています。私の二の腕は、身体の中でも特に肉がついているような気がして、ノースリーブの服なども着られません。でも、あなたにとっては、お気に入りの場所らしく、口で吸わずとも、指で引っ張ったり、揉んだり、遊ばれてしまいます。

女のコンプレックスを愛《いと》おしく思う男がいるのです。最初の頃、どうしてあなたは私なんかと関係を持ったのかと聞くと、「高校生のときから、友達と話しても楽しそうじゃなくて、いつも居心地悪そうで、そのくせ絵を描きたいからと美大進学の相談をしてきたときは、目がキラキラ輝いていて、気になる娘だった」と、言われました。

あなたは何度も私の白い二の腕を吸って、ときには歯を立てます。「最後だから、俺の跡を残しておきたい」と、言いました。

二の腕に跡をつけたあと、あなたは身体を起こして私の乳房の狭間に顔を埋め、大きく息を吸い込む仕草をします。

「おっぱい、大きくなったな」

「先生のせいです」

私がそう口にしたのは媚《こ》びたわけではなく、あなたと関係を持ってから、ブラジャーがきつくなり、腰も少しくびれたようだと思ったからです。

三十歳を超え、肉がつきやすくなったのを私は気にしていましたが、あなたは「やわらかくて、さわると気持ちがいい」と喜びました。

あなたは私の乳房の先端を唇で挟みます。私は声を出してしまい、腰が浮きました。あなたは挟んだまま、舌で乳首を包み込んで、上に引っ張ります。

そうしながら、あなたの左手は私の下腹部の毛をかき回すように下に進んでくるので、指先が一番感じる粒の部分にあたりました。けれど、あなたはそこを素通りして、指先を股の間にすべりこませ、私の扉を開かせます。

「濡れてる」

あなたはそう口にしましたけれど、本当はもうあなたがこの部屋に来たときから、私の身体はあなたを迎え入れる準備を十分にしていました。

あなたは乳房の先端に舌の先を押しつけたり、吸ったりしながら、指を私の身体の奥の沼にずぶりと差し込んでいきます。私の湿った襞《ひだ》が、あなたの指を包み込んでいるのが、自分でわかります。

「椿のここ、あったかくて気持ちがいい。大好きだ」

あなたがそう言いながら、私の中で指を出したり入れたりするので、必死に声を殺します。そう壁が厚くないマンションなので、思うままに声を出したら聞こえてしまう。

大好きだ、という言葉が嬉しくて、私は泣きそうになりました。あなたはいつも、私を褒めて、受け入れてくれます。私という存在を慈《いつく》しんでくれました。

「私も、先生の、欲しい」

私がそう口にすると、あなたは「わかった」と言って、指を抜き、仰向けになるので、私は身体を起こし、あなたの顔の上をまたぎます。

「腰を落として」あなたにそう言われて、私がおそるおそるあなたの顔の上にさきほどの指の感触が残る秘部を乗せると、私の目の前には屹立した肉の棒がありました。

大きくも小さくもない、ふつう、とあなたはそう言いますが、他の男を知らない私には、「ふつう」もわかりません。けれど、大きかろうが、小さかろうが、私にとっては、他の誰かと比べものにはならない、私だけの、大切なものなのです。

私は左手であなたのものを握り、先端に舌先でふれました。

同時に、あなたの舌が私の縦の筋をなぞるように動きはじめました。

悦びが全身に走り、身体が震えます。けれど、あなたばかりにさせてはいけないと、私は必死の思いで、目の前の肉の棒を呑み込みました。

歯を立てず、唇の中の粘膜を密着させ、上下に動かします。あなたとセックスして、最初にこれをしたときは、必死でした。男の人のそれを口にするなんて、それまであり得ないことのはずだったのですが、嫌悪感がなかったのは、あなたのものだからです。

あなたを、悦ばせたかった。私のことを一所懸命気持ちよくさせてくれるあなたに、少しでもお返ししたい気持ちで口にしました。あなたの身体は、すべて愛おしい。だからここも、私にとっては、可愛らしい、大好きなものです。

上手になったよ、気持ちいい、とあなたは言ってくれますが、実のところどうなのかはわかりません。女の人の中には、男の人のこれを咥《くわ》えることを、「汚いから嫌だ」と言う人もいるらしいのですが、私には全くわからない。好きな男の身体で、汚いところなんて、あるわけないのに。

私は親指と人差し指で輪っかをつくるように根元を押さえ、口を動かします。あなたの顔が私の股のところにあると考えると、恥ずかしくてたまらない。

大人の男女が、お互いの股間を舐め合うなんて、たまらなく恥ずかしい行為です。けれど、だからこそ、いやらしくなれる。いやらしくなれないセックスなんて、意味がありません。

「あっ」

私が思わず、口を離して声をあげてしまったのは、あなたの唇が私の一番敏感なところにふれたからです。真珠《しんじゅ》の粒のように、大きめで、すぐに顔を出してくる――あなたには、そう言われました。だから舐めやすい、とも。

私はもうあなたのを舐める余裕はありません。そこを唇で含み、舌でふれ、吸われると、もう何も考えられなくなります。声が出てしまう――抑えなければならないのに、もう我慢できない。

「腰ふってる、いやらしいな」

あなたが、顔を離して、そう言います。無意識で、私はまた恥ずかしいことをしていたようです。

「私をこんなにいやらしくしたのは、先生です」

私は、ほとんど無意識で、媚びた声を出しました。

「誰にも渡したくない――」

あなたはそう言いますが、私は「だからといって、先生は私のものにならないでしょ」と言いたくなる気持ちを抑えます。一緒にいるときは、あなたは私を必死に愛してくれるのは、わかります。けれど――。

「愛してるよ、椿」

あなたはそう言って身体を起こし、十分に潤った私を横たわらせました。もう私の奥から流れた水でシーツが濡れているのがわかります。私は感じやすい身体でよく濡れるのだと、あなたが言います。他の人のことはわかりませんが、度々シーツも、その下の布団も汚してしまうので、防水マットをシーツの下に敷くようになりました。

「俺の、欲しい?」

あなたが私の上になり、そう聞きます。

あなたは、ずるい。

私が頷くと、「ちゃんと口にして」と、言います。

「先生の、欲しい」

「俺も、椿に挿《い》れたい」

そう言って、唇を合わせました。舌をからませながら、あなたは屹立したものを、さきほどまであなたが舐めていたところにあてます。

手を添えなくても、ずぶりと入っていきます。十五年間、身体を重ねて、お互いを知り尽くしているので、もう頭で考えるよりも、身体が流れに従ってくれます。

「ぁあ……」

何度も繰り返している行為なのに、私の身体はあなたのものが入ってくる度に感動に震えるのです。悦んでいる、それがわかります。あなただとて、知っているでしょう。

私の粘膜が、あなたを包み込んで受け入れています。あなたとつきあいはじめて五年後に、私は婦人科で処方してもらい、ピルを飲むようになりました。

それまであなたは必ず避妊具を装着してくれました。その慎重さは、私の身体への思いやりだと思っていたのですが、次第にあなた自身の身を守るためだとわかってきたのです。私は子どもを欲しいなどと思ったことはありませんでしたが、もしもピルを飲み忘れたふりをして、あなたの子どもを授かったら——などと想像したことは、何度もあります。

けれどわかっています。それでもあなたは、奥様と別れることはしない。だから、私も勇気はありませんでした。お互い、好きだ、愛していると言いながらも、覚悟のない関係だったのです。だけど、幸せな時間でした。

「椿の中、温かい……」

あなたが、声を漏《も》らします。私は臍の下、身体の芯が粘膜の摩擦で熱を発しているのを感じていました。

「気持ちいい……」

「うれしいよ、椿。可愛い」

そう言って、あなたは腰を動かしながら、私の唇を塞ぎます。

「最後だから、思いっきりいやらしい顔を見せてくれ」

あなたがそんなことを口にするものだから、私はつい恥ずかしくて目を背《そむ》けてしまいそうになりました。

「ダメだ。ちゃんと俺を見て、目を閉じないで」

あなたは、やっぱりずるい。つながったまま目を開けて見つめ合うなんて、

——愛のあるセックスと、そうじゃないセックスの違いは。してる最中に、見つ

め合えるかどうかなんだよな。気持ちがない、自分が気持ちよくなるだけなら、目を閉じて相手を見ようともしない——あなたが、いつかそう言ってたのを思い出します。

「椿、愛しているよ」

あなたは、そう言って、腰の動きを速めながら、私の首筋に顔を埋め、肌を吸います。また、あなたは私に跡をつけようとしている。

私は両手をあなたの背中にまわし、抱きしめるように両腕に力を入れてあなたを引き寄せます。粘膜だけではなく、すべてが密着して、温かくて、あなたの汗が私に伝わってきます。

「ダメだ、このままだと出ちゃう」

あなたはそう言って、身体を起こしました。

「上になって」

そう言ってあなたはベッドの上に仰向けになるので、私も身体を起こし、あなたをまたぐような形になります。

私はあなたの屹立した肉の棒に左手を添え、十分に潤った自分の秘花にあてます。腰をおろすと、身体の芯を貫くようにあなたのものが入ってきました。

「いい――」

私は身体をのけぞらせます。上になると、もうそれだけで動かさなくても気持ちいいところにあたり、絶頂に近づいてしまうのです。

「あーーっ」

私が大きな声を出してしまったのは、あなたが腰を突き上げたからです。

「自分で動いてみて、気持ちいいところにあたるように」

あなたがそう口にするので、私は前に押し込むように腰を動かしました。ゆっくりとした動きですけれど、そのほうがあなたのものが私の中にあるのを味わえるのです。

私は前へ、前へと、腰を押すようにして身体の奥から全身に広がる疼《うず》きに酔っています。

「私だけ気持ちよくなってるみたいで、恥ずかしい」

以前、そんなことを口にしたこともありました。けれどあなたは、「感じてる椿を見るのが、俺は一番気持ちがいいんだよ」と、答えてくれ、嬉しかった。私はあなたしか男を知りませんけれど、他の人も、そうなのでしょうか。こんなにも私を悦ばせ、気持ちよくさせてくれる男が、他にいるのでしょうか。どうしても、想像がつきません。

この先、あなたと別れて、どうなるのか——ふと、あなたに別れを告げたことを後悔しそうにもなります。悩んで、決めたことなのに。

「いやっ」

私がそう口にしたのは、いつのまにかあなたの手が伸びてきて、指で私の一番感じる小さな粒にふれたからです。さっきあなたの舌や唇で可愛がられていた、そこに。

あなたの指がそっと挟んで、私はもう腰を動かせなくなりましたけれど、奥からびりびりと沸き起こってくるものを感じています。もう、従うしかないと、身体の力を抜くと、それは容赦なく私の身体を痙攣《けいれん》させ、「ああっ」と私は声をあげ、ばたりと身体を倒れさせてしまいました。

「こうしたら、椿はすぐにイクね。嬉しい」

覚えさせたのは、あなたじゃないですかと、私は言いたくなりました。私は、あなたのものを中に入れたまま、陰核を刺激されると、必ず絶頂に達します。

あなたはそのまま上半身を起こし、私たちはつながったまま座って向き合う形になります。あなたの両腕が伸びて、私を抱き寄せ、唇を合わせました。

「椿のことを抱きしめながら、一緒に――」

あなたがそう口にするので、私は涙がこみあげてきました。

「なんで泣くの。別れようって言ったのは、椿のほうなのに」

「だって……」

「俺は本当は、ずっと一緒にいたいよ。でも、それは椿の将来を縛り付けることになる。本当はもっと早く、離れるべきだったのかもしれないけれど、できなかった。せめて、いい思い出にしたい――」

あなたはぎゅうっと両腕に力を入れながら、突き上げるように腰を動かしました。私はあなたの上に乗るような形になりながら、抱き合います。

「あ――」

あなたが一所懸命、最後に私の中に注ぎ込もうとしているのがわかります。襞がこすれ、きゅううと私の奥があなたを締め付けている気がしました。

私の目の前にあなたの頭頂部があり、白髪が増えたのが見えます。十五年、あなたも私も年をとりました。本当に長い間、こうして愛し合っていました。

「椿――ごめん、出そうだ――」

あなたの息が荒くなります。つながったところから、じゅぽじゅぽと水の音がして、私から溢れるものがあなたを濡らしているのもわかります。

「先生——中に出して——先生を全部欲しい——」

私がそう口にすると、あなたは呻《うめ》き声をあげながら小刻みに私を突き上げ、「あぁーーっ」と声を出した瞬間、どくどくと私の身体の奥に溢れさせました。

私が腰を浮かせ離れると、どろり、と流れ落ちてきます。

「椿——」

息が荒いままのあなたは、私の身体を抱き寄せ、下半身を濡れさせたまま、ふたりでベッドに横たわり、何度も唇を合わせました。

「愛してる——」

あなたは、そう口にして、私の胸元を強く吸いました。

*

「本当に、元気で。何か困ったことがあったら、遠慮なく相談してくれよ」

「うん、ありがとう」

「約束だぞ。俺はこの先、椿が誰とつきあっても、結婚しても、大事な人だから。

いつでも助けにくる」

「——約束する」

シャワーを浴び、服を着てコートも羽織ったあなたは、玄関先で私に舌の入らないキスをして、出ていきました。

私はベッドの脇のサイドボードに置いてある小物入れの中にある手鏡を持って、自分の姿を見ます。胸元にも、首筋にも、あなたの残した跡が赤く残っていました。

そして小物入れの中から、ICレコーダーを取り出し、ストップと書かれたボタンを押しました。もしも私が別れを告げて、あなたが拒んでくれたなら、こんなことは考えもしなかったでしょう。

十五年間、あなたは私を愛してはくれたけれど、私が欲しいものは違うと、いつしか気づいてしまいました。

愛していると言われる度に、「じゃあ奥さんと離婚して私と一緒になってくれますか」と問いかけたくなる衝動を堪えていました。もし口にしてしまったら、ふたりの関係はそこで終わってしまうのが、わかっていたからです。

私と一緒にいるときは愛そうとしてくれていたのは知っていたけれど、あなたは私以上に、家族が大事で、だからこそ泊まることもしませんでした。

私は、高校時代の同窓会名簿を頼りに、何度かあなたの家族の家《うち》を見に行きました。あなたがよく自慢していたように、広いベランダに椅子とテーブルがあり、暖かい日の午後、奥様がそこでお茶を飲んでいるのを見かけました。だからあなたの奥様がどんな人か、知っています。

あなたの奥様が、週に三度、パートで家の近くの花屋さんで働いているのも聞いていたので、あなたの家の近所の花屋をすべてまわり、奥様を見つけ、わざわざ花を買って言葉を交わしたことも何度かあります。あなたは「うちのはもうおばさんだよ」と言っていましたが、奥様はすらっとした、薄化粧で清楚な感じの、笑顔の可愛らしい方でした。

あなたは、私の家を出てうちに帰り、何事もなかったかのように、「幸せな家族」の中にいるのだと思うと、苦しくなりました。つらいのに、苦しいのに、私は何度も、あなたの家を見に行ってしまいました。

自分に言い聞かせたかったのだと思います。これはいつか終わらせなければいけない恋なのだと。

私は十五年間、ものわかりのいい愛人でした。いつでもあなたを受け入れ、泣き言ひとつ言わずに送り出していました。

だから居心地がよかったのだと思います。椿といると安らぐと言ってくれたのは、私があなたを責めない、求めない女だったから。あなたが好きだったから、そうしていました。

けれど自分が四十歳という年齢になり、考えたのです。あなたが、どこかで事故にあい、急に亡くなったとしても、家族でない私には連絡はこない。もしかしたら、この世にいないのを知らないまま、能天気に生きているのかもしれない。あなたが病気で入院しても、私はお見舞いに行けないのです。

そうやって、いつか来る別れを想像するだけで怖くなりました。だから、その前に、さよならしようと決めました。

でも、本当に、私はおとなしく身を引くつもりだったのです。あなたのことは、いい思い出にして、前向きに生きていくつもりでした。

けれど、あなたが、私の別れの意思を拒みもせず受け入れたときに、私は、あなたもずっとどこかで私が言い出すのを望んでいたのだとわかりました。

あなたは自分から別れを告げ、面倒なことになるのは避けて、私が言い出すのを待っていたのですね。そして十五年も、一緒にいた。

あなたは明日から、もう私の部屋に来ることはありません。家族と暮らし、私との十五年間の日々は、「無かったこと」にするつもりなのでしょう。

私はそれが、許せなかった。

あなたが度々、「俺のものだ」と、私の肌に跡を残したように、私もふたりの十五年間を、無かったことにはできないのです。

私は、あなたを愛していたからこそ、綺麗な思い出になんか、したくない。

だから、最後の営《いとな》みが録音されたデータと、あなたがうたた寝している間に撮った裸の写真、メールのやり取り、私たちの愛の記録を、奥様に送ります。

奥様がすべてを知ったら、もうあなたとは二度と会えなくなるし、あなたは私を恨むかもしれないけれど、それでいい。

残るものが愛し合った悦びではなく、憎しみだったとしても、私はあなたの人生に、私の跡を残したいのです。

あいみての

逢ひ見ての　後の心に　くらぶれば　昔は物を　思はざりけり

権中納言《ごんのちゅうなごん》敦忠《あつただ》

旅先での一夜のあやまちのはずだった。酒の勢いで寝て、翌日には何食わぬ顔をして元通りになれると思っていた。大人で、もう若くない男女なのだから。セックスは愛の形のひとつかもしれないけれど、もともと愛がないのだから、あとを引くことなんてないと思っていたのに。

＊

「板野《いたの》さん、梅でも見に行きますか」

せっかく京都まで来たのに観光せずに帰るのはもったいないとこぼしたら、地下鉄の電車で隣に座る野坂由貴子《のさかゆきこ》がそう声をかけてきた。

「もう夕方で、梅なんか見られないだろう」

「北野天満宮《きたのてんまんぐう》が週末の夜は梅苑《ばいえん》でライトアップしてるんです。屋台も出てるかもしれません」

東京に生まれ育った板野でも、北野天満宮が梅の名所であることは知っていた。しかし、行ったことはなかったが、タクシーやバスで前は何度か通ったことがある。しかし、夜に梅苑に入れるなんて知らなかった。

「高校が北野天満宮の近くで、毎月二十五日の天神《てんじん》さんにはよく友達と屋台で綿菓子やらたこやきやら買い食いしてました。北野天満宮の祭神の菅原道真《すがわらのみちざね》の誕生日の二十五日に、毎月屋台が出る天神祭というお祭りがあるんですけど、それを天神さんて京都の人はいうんですよ」

さすが京都の人間だと、板野は感心した。

板野が勤める会社は全国で飲食店を展開している。京都に新たな店舗を出す計画で、現地の業者や何よりスポンサーとの交渉をするために、板野は東京から京都に出張に来ていた。京都育ちで現地に詳しいからと、サポート役として同行したのが由貴子だった。

一緒にこうして出張に来るまで、由貴子とは用事以外の話はしたことがなかった。同じ会社と言っても、由貴子は二年前に合併した相手会社の社員だった。社交的な女ではなく、会社の人間の飲み会にも顔を出さない。仕事はきちんとするが、人づきあいはしないタイプだった。「独身なのに、どうしてそんなにつきあい悪いんだろうね」などと揶揄する同僚もいた。

由貴子は確か四十五歳で五十歳の板野より五つ下だ。今まで結婚したこともないらしく、長い髪の毛をひっつめて眼鏡をかけ、化粧も薄く、地味なおばさんだという印象しかない。色気も男の気配もないので、「処女じゃないか」なんていう連中もいた。

板野のほうはバツイチだ。五年前に離婚した原因は、妻に男ができたことだった。

それまでセックスレスで妻に全くかまわなかった自覚はあるが、まさか、と思っていた。同い年の妻とは若い頃に結婚し、ふたりの子どもに恵まれた。子どもができた当初は、「その気にならない」と妻にセックスを拒まれるようになり、そのまましなくなった。板野も、すっかり母になってしまった妻に欲情が薄れていたから、ホッとしたぐらいだ。

それからはたまに風俗に行ったりもした。自分がそうして遊んでいたくせに、妻に男がいると知ったときは信じられないと驚愕して、恥ずかしいほどに取り乱し妻に怒鳴りもした。

「男と女は対等なの。女だって欲望があるの」などともっともらしいことを言われたが、そもそもセックスレスの原因はお前ではないかという言葉を呑み込んだ。

妻は男と結婚したいらしく、離婚を切り出し、成人した子どもたちは完全に妻の味方になっていて「お父さんがお母さんを大事にしないからだよ」とまで言われたので、しょうがなく離婚届の印を押した。

子どもたちの前で醜く揉めたくないのと、「自分に責任があるから」と、妻が養育費の支払いのみで慰謝料は無しという条件を受け入れたからだ。

妻は子育てが一段落した頃から仕事を再開し、フリーランスのデザイナーとして忙しくしていたので愛のない結婚生活にしがみつく必要もないのだろう。

それからはパッとしない日々だった。自信喪失して女と深い関係になっても中折れしてしまったり、どうもセックスが上手くいかないのだ。もう五十歳になるし、しょうがないかなと思うようにしていた。

「いいなぁ、夜の梅、見たい」

電車が駅に着くと同時に立ち上がって、板野はそう言った。

仕事は由貴子のおかげもあり、上手くいって早めに終わった。由貴子がもともと京都の人間で詳しいということで先方も気を許してくれた気配があった。特にスポンサーの不動産会社の社長は、若くして亡くなった娘と同い年で、出身高校も一緒だと、由貴子を気に入った様子だった。

今日はもう宿に帰って眠り、明日東京に帰るだけだったが、ふと京都で観光なんて何年もしてないなと、「もったいない」と板野が口にしたのだった。

「それやったら、宿にいったん入って、ご飯のついでに北野天満宮に行きましょう」

由貴子の提案に、「行こう」と板野も答えた。

*

由貴子は口を手で押さえていた。それでも声が漏《も》れ、必死に抑えている。ここはラブホテルではなく、ビジネスホテルだ。大声を出すと廊下や隣の部屋に聞こえてしまうので、由貴子は漏れ出る喘ぎ声を自身で我慢しているのだが、その仕草が、また板野の欲情を掻き立てた。感じてくれているのだ、俺に——。

狭いシングルベッドで、板野と由貴子は体を重ねていた。板野が一突きする度に、由貴子の声が大きく響き、部屋の外に声が漏れぬようにと由貴子は自らの手で口を塞いだ。板野は由貴子の手をそっと取り、口から外し、自らの唇を由貴子の唇に重ねる。待ち受けていたかのように、由貴子の舌が板野の口の中ににゅるりと侵入しからみ合う。

まさか、数時間前まで、こんなことになるとは思っていなかったのに――。

＊

板野と由貴子はホテルから地下鉄とタクシーを使って夜の北野天満宮に行った。バスだと混雑するからと由貴子に提案されたのだ。確かに人は多かった。

「京都は秋の紅葉や春の桜、修学旅行の季節じゃなくても、いつも人が多いんです」

由貴子がどこか申し訳なさそうにそう言った。確かに昼間、京都の関係各所を巡っていても、途中、大きなスーツケースを転がす外国人観光客や、着物姿の女たちを多く見つけた。あの着物もほとんど観光客向けのレンタルなのだと由貴子から聞いた。

「この二月の終わり、まだ寒い京都であんなペラペラの浴衣《ゆかた》みたいな着物をって、二年前に亡くなった祖母がいつも嘆いていました」

由貴子は京都の嵯峨《さが》で生まれ育ち、東京の女子大に進学しそのまま就職したという。祖母が二年前に亡くなったのを機に、両親は兄夫婦が住む和歌山に移住して、もう実家はないと話してくれた。

「初めて来たが、広いんだな、北野天満宮って」

「そうなんですよ、社殿はずっと奥です。今のは豊臣秀頼《とよとみひでより》により再建されたもので、国宝に指定されています。ここから人が多いから、離れないでくださいね」

そう言われて、前を行く由貴子から目を離さないように気をつけて板野は人混みの参道をすすんでいった。恋人同士ならば手をつなぎもするのに、まさかただの会社の同僚の体にふれるわけはいかない。

そもそも由貴子とは特に親しいわけでもなく、こうして京都まで出張に来て、たまたま時間があって板野が観光したいなどと言い出さなければ、一緒にいることもなかっただろう。

確かに社殿は想像よりも立派な建築だった。特に「三光門《さんこうもん》」と呼ばれる門は夜目にも鮮やかで見事な細工だった。三光門の名前の由来は、星・月・日の彫刻だが、実際は星だけ見つからない。星はこの門ではなく北極星のことだとの伝承がある——それも由貴子に聞いて、初めて知った。

人が多いので、少し離れたところから手を合わせてお参りをしたあと、ふたりで梅苑に入る。ここも想像以上の広さだった。

梅はまだ五分咲きといったところだが、光に照らされた慎ましやかな様子が、可憐で美しかった。白梅もいいが、紅梅もいい。

華やかな桜は確かに見ごたえがあるが、この梅の楚々《そそ》とした咲き方には風情がある。

花を愛でる趣味などなかったはずなのに、夜の梅に見入ってしまうのは、年をとったせいだろうか。

そういえば、かつて結婚していた頃、昔フラワーアレンジメントを少し学んだという妻は、玄関にいつも小さな花瓶を置き、季節の花を絶やさなかった。

当時は気にも留めなかったどころか、家族しかいない空間なのに無駄使いだなんて口にしてしまった。それからは妻は花を飾ることをやめたのだが、今思えば暮らしの中に潤いや癒しを添えようとしてくれた妻に、ずいぶんひどいことを言ったものだ。

「もうすぐ桜の季節になればたくさん人がやってきます。でも、桜ほど華やかじゃないけど、私は梅の花のほうが可愛らしくて好きです」

華やかじゃないという由貴子の言葉は、まるで彼女自身のことを言っているようだと板野は思った。地味で色気のないおばさんだと思っていたが、京都の関係者の前では、彼女の広い知識と社交的な話術が役に立った。

「こんなこと聞いて、ごめん。野坂さんは、結婚したいと思ったことはないの？」

「ありますよ。これ、他の人には内緒にしておいてくださいね。私、二十代後半から、二十年ぐらい、同じ人とつきあってたんです。二十歳上で、家庭のある人で……すごい好きやったし、可愛がってもらったけど、奥さんと離婚はしてくれへんかったんです。結局、その人は五年前に癌《がん》で亡くなって、気がつけばこの年齢で、もう今さら誰かと新しく関係を作る気にはならず、そのままです」

由貴子はそう言って、ゆっくりと梅の木の下で、一本の枝に近づき、花の匂いを嗅ぐ。その姿が、まるで一枚の絵のように見えた。

「年とったら、若い頃のように恋愛の駆け引きしたりとか、いちから関係を育てていくのとか、そういうのも面倒になってしまって。いや、結局、傷つきたくないから自分を守ってるのもわかってるんですよ。臆病だと言われるかもしれませんが」

「俺もそうだよ。……知ってると思うけど、妻が他に男作ってバツイチだ。自分は好きなことしていても、家庭は変わらず俺の帰る場所だと安心しきっていたら、そうじゃなかった。自業自得だけど……。お見合いをすすめてくる人もいるけど、どうも今からそういう気持ちにならない。密接な関係を持つのが面倒……というか、怖いんだろうな」

「同じですね。年をとったらいろんなことが平気になるかと昔は思ってたんですけど、全然そうじゃないです。年をとったからこそ、怖いもんが増えた」

ふたりは梅苑を出て、再び人混みの参道を潜り抜ける。何か食べようかと、北野天満宮近くの花街、上七軒《かみひちけん》の料理屋に向かう。月明かりに照らされた石畳の道が、まるで濡れているかのように潤った光を発していた。

その料理屋は、由貴子の祖母が馴染みだった店だと聞いたが、週末なので空席はないだろうと思っていたら、たまたま運よく、さっき急にキャンセルが出たのだと、入れることになった。

落ち着いた店で、料理も極上だったし、思ったよりも値段が安い。店の勧めで頼んだ大吟醸の梅酒が絶品だった。前菜のクリームチーズと干し柿のミルフィーユ、生姜《しょうが》の利《き》いたぶり大根、湯葉刺し、手作りの豆腐、堀川《ほりかわ》ごぼうと牛肉を炒めて七味を和えたもの、どれもこれも美味い。

「そうでしょ。大阪の食い倒れ、京都の着倒れいうけど、京都は食べ物がどこよりも美味しいんです。東京に住んでたら、よぅこんな高いもんで喜ばはるなぁって思うこと多いわ」

酒のせいか、由貴子の頰《ほお》は少し赤く染まり、ときどき交じる京の言葉が可愛らしく思えた。料理屋で初めて向かい合って気づいたのだが、肌が白くきめ細かい女だ。地味な顔だと思っていたが、小作りの唇や、眼鏡の奥の少し重い二重の目が、この京都の町では艶を帯びている。ひな人形のようだと思った。

帰りはタクシーだったが、どちらからともなく手を握っていた。ホテルに着いて、板野は自分の部屋の前で鍵を開けようとすると、由貴子が「もう少し、おしゃべりしませんか。なんか話したりなくて」と声をかけてきたので、頷《うなず》いて部屋に入れた。

ガチャリと扉が閉まるのを合図に、板野は由貴子を抱きしめていた。

唇を合わすと、さきほど飲んだ、梅酒の味がした。

＊

どこもかしこも、柔らかい身体だった。ふれると、指が吸いつくようだ。

「おばさんだから、恥ずかしい……」

由貴子はそう言って両手で乳房を隠そうとするが、その手から漏れ出るふくらみは服の上からは想像がつかない豊かさだった。セックスは六年ぶりだと由貴子は言った。不倫していた男の病気がわかる前にしたのが最後だと。とは言っても二十歳上の男は、その前にもだいぶ体力を失い、代わりに道具を使い由貴子の身体を愛撫することが多かったという。

板野は自分に身体を委ねながらも緊張が残る由貴子の身体をほぐそうと、丁寧に首筋から乳房、臍《へそ》のまわりと時間をかけて唇をつけた。久々の男とのセックスに怖がってはいるが、由貴子の秘部にふれると溢《あふ》れた粘液が指にからみついてきた。興奮してくれているのだと思うと、うれしかった。

実のところ、板野自身も怖かったのだ。妻と別れてから、女とセックスする機会があっても上手くいかないことが多く、今だって不安だ。けれど感じながら声を抑える由貴子の仕草と、潤っている様が愛おしくて、久々といっていい興奮を覚え、男の肉の棒も固くなっている。

板野は経験も多いわけではないし、セックスに自信はない。そもそもこんなふうに、素人の女といきなり関係を結ぶことに馴れていないのだが、何故か由貴子とは自然に肌を重ねあってしまった。

旅先だからかもしれないとも、あとになって考えた。京都という場所で、夜の梅を眺め、寂しさが共鳴したのかもしれない、と。もし東京ならば、一緒に飲んでもそれぞれ自分の家に帰っていっただろう。同僚と関係を結ぶのはそもそもリスクが高い。セクハラだとあとになって騒がれても困るし、気まずい間柄になると仕事がしにくくなる。

「気持ちいい……です」

由貴子は感じている様子を見られるのが恥ずかしいのか、板野のほうを見ない。けれどそうして言葉にしてくれるので、こちらとしても気分が高まる。

「見せて――」

板野は唇を這《は》わしながら身体をずらし、由貴子の少し肉のついた下腹部の向こうにある叢の前にたどり着く。全く処理されておらず、濃いめだと思ったが、自然なままのほうが興奮する。

「いや――そこは――あかん」

由貴子は初めてあらがう様子を見せ、腰を左右に動かした。

「きれいだ、ちゃんと見たい」

板野は両手で由貴子の太ももを押さえつけるようにし、ぐいっと勢いよく開く。

その瞬間、熟しきって腐る直前の南国の果実のような甘さに酸味が混じった匂いが、漂ってきた。女の匂いだ、久々の、女の中からあふれる蜜の香り――板野は気持ちを高ぶらせながら、その匂いを大きく吸い込んだ。

　由貴子の秘部は、右の花びらが少しばかり大きく、全体を覆っていた。指で開くと、まるでその部分が独立したひとつの生き物であるかのように、規則正しく呼吸をして開いたり閉じたりしている。そこはもうすっかり白い練乳のような粘液を溢れさせていた。

「濡れてる」

「いやっ……」

　由貴子は身をよじらせる。その仕草が愛おしくて、板野はためらわずその部分に口を寄せた。

「あかんって！」由貴子が腰を浮かせのけぞった。板野は舌を由貴子の花びらの先端に添える。さきほどから顔を出していた小さな粒を口に含むと、由貴子は耐えきれぬのか、「あー」と大きな声をあげた。

　さすがにこの声は、隣の部屋や廊下に聞こえてしまうかもしれないと由貴子も思ったのか、慌てて両手を口に添え、自分で自分の口を塞いでいる。抑えたほうがいいのだろうけれど、板野はもう我慢できなかった。ぞんぶんに、この女を気持ちよくさせたかった。

両手で口を塞いでも、由貴子の声は漏れる。ふと板野が身体を起こし由貴子の顔を見ると、由貴子は口を塞いだまま涙を流していた。

「大丈夫か、泣いて――」

「ごめんなさい……心配せんといて。あんまりにも気持ちよくて……うれしくて涙が出てきてしもただけやから」

板野はたまらず身体を起こし、由貴子の流れる涙に唇をあてる。

「うれしいと、泣くの？」

「だって、男の人にここを愛されるの、久しぶりやもん。もう男無しでも平気、ひとりで生きていけると思っていたけど……寂しかったのかもしれへん」

俺もそうだと、板野は思った。思いがけず、こうしてさっきまでただの同僚だった由貴子と肌を合わせているけれど、そうなって初めて自分の寂しさに気づいてしまう。

「つながりたい――」

板野はたまらず、由貴子の上になり、両足の間に身体を入れ、すっかり固くなっている肉の棒に手を添え、由貴子のぬめった秘部にあてる。

「挿れて――」

由貴子が手を板野の背に回す。抱きしめ引き寄せるかのような由貴子の腕の力に導かれながら、板野は由貴子の中に入っていった。

温かい――思わず声が出そうになった。由貴子の粘膜が、からみついてくる。鳥肌が立った。由貴子のそこは板野の肉の棒をとらえて離すまいとすがりついてくる。温かさとぬめりをまとったその部分から、全身に疼《うず》きが広がっていき、支配された。女の粘膜にすべてを奪われ身を託してしまいかけている。それでも意識を失ってはいけないと、必死に動かすが、その度にこすられる襞《ひだ》からじわりと疼きが身体の隅々まで広がっていく。

見れば、由貴子も感じているのだろう。さきほどのように、声を出すまいと必死に手で口を押さえている。板野は由貴子の手を剥《は》がし、唇を重ねる。これで、すべてが由貴子とつながった。まるで最初からこうしてひとつの生き物であったように、ふたりの粘膜がなじんでいく。

これがセックスか――妻と別れてから何人かと試そうとしたが、結局乗らなくて上手くいったことはなかった。若い頃ならまだしも、もうこの年になると、気持ちの伴わないセックスは身体に無理が現れるのだと思い知らされた。妻とだって、お互い気持ちのいいセックスに没頭していたのは最初だけで、子どもができたあとは惰性に近かった。

けれど由貴子は、さっきまでただの同僚に過ぎない女で、恋愛感情などなかったはずだ。なのに、どうしてここまで気持ちがいいのだろう。「合う」というのはこういうことかと、感触に浸ってしまう。

「幸せ」

唇を離すと、由貴子がそう口にした。その言葉が、板野の気持ちを高める。自分がこうして抱いていて、「幸せ」だなんて女に言われたことは今までなかった。

「愛してる」

だから、思わず、そう言ってしまったのだ。板野は由貴子の返事を待たず、再び唇を重ね腰を動かす。ぴちゃぴちゃと重なった部分から、音が漏れる。きっとシーツはもう濡れてしまっているだろう。ラブホテルではないのに恥ずかしいとは思うが、止められない。

愛していると口に出すと、身体の奥から覚えのある感触がこみあげてきた。男の肉に力がみなぎってくる。出そうだと、口にした。

「ごめん、俺、もう――」

「来て――私も」

板野は由貴子に覆いかぶさったまま腰を激しく動かす。由貴子はもう声を抑えることもできぬのか、部屋に声を響かせていた。

「出る――ぁあっっ!!」

もう堪えきれない――板野は性器を急いで由貴子から抜くと、その瞬間、白く生温かい液体が身体の奥から溢れ、由貴子の腹にかかった。射精し終わり、支える力もなくし、板野はそのまま由貴子の身体に覆いかぶさるように倒れた。

*

翌朝板野が目覚めると、由貴子の姿はなかったが、布団にぬくもりが残っていた。今日は由貴子は昼ご飯を友人と食べると言っていたので、約束はしていない。板野はホテルをチェックアウトして新幹線で東京に向かった。

会社に立ち寄ると、上司に「京都の商談、上手くいったみたいだな。さっそく今朝、先方から連絡があった。野坂君が京都の人間で、話が合って、それで信頼してくれたみたいだ」と言われた。大きな仕事なので、上司も上機嫌だった。

定時で板野は帰宅し、洗濯物を洗濯機に放り込む。夕食は冷蔵庫にあるもので適当に済ませてしまおう。ベッドに横になると、昨夜の由貴子の姿態が蘇《よみがえ》ってくる。普段の姿からは想像もつかないほど、感じて乱れていた、柔らかい身体――あんなに満たされたセックスはいつぶりだろうか、思い出せない。

股間が固くなっているのに板野は気づいた。まるで中学生のようだと、自分でびっくりする。余韻に浸りたいが、戸惑ってもいた。何しろ、昨日の今頃なんて、全くそういう関係になるなんて思ってもいなかった。恋愛感情があったわけでもないし、女としても見ていなかった。それなのに、今は由貴子のことが、頭から離れない。

明日、会社で平気な表情で会えるだろうかと不安になった。何しろ同僚で、毎日、顔を合わすのだ。仕事中に、どうしても由貴子のことを考えてしまうだろう。いや、これもひとときだけのことで、そのうち忘れるかもしれないし、そのほうがいい。

「おはようございます。商談、上手くいったみたいですね」

翌朝、会社に行くと、由貴子のほうから話しかけてくれた。眼鏡で薄化粧、髪の毛もひっつめていつもの地味な由貴子だ。

「野坂くんのおかげだよ」

「そんなことないですよ。でもよかった」

そう言って、何事もなかったかのように由貴子は自分の机に戻る。

板野はホッとした。もしも由貴子が一晩経って後悔して、嫌悪感をこちらに覚えたり、気まずい雰囲気になることも少し心配していたのだ。

お互い大人だもんな——そう思いながらも、板野はどうしても無意識で由貴子を目で追ってしまった。

挨拶以外で話す機会もなく数日を過ごしていたが、由貴子が他の男性社員と楽しそうに話していると、ふと胸が締めつけられる。由貴子はいつも定時で帰るけれど、まっすぐ家に帰っているんだろうか、どこかで誰かと会っているんじゃないかと勘繰ってしまう。

ほんの数日前までは、全くそんなこと気にならなかったのに。

由貴子より若くて美しい女性社員やアルバイトもいるのに、彼女たちに全く関心がいかなくなった。あの夜、自分の下で必死に声を抑えていた由貴子の顔が、常に頭にあるからだ。

飲み歩く気分にもなれず、板野は仕事を終えるとまっすぐ家に戻っていた。気を紛らわせようと、アダルトビデオを見ているが、つい由貴子の面影を追って、眼鏡の熟女が登場するAVばかり観てしまう。

それでもあの夜の由貴子を想うと、どれもこれも嘘くさい演技に思えてきた。本当に感じている女の肌、喘ぎ、必死に自分を求めてくる唇と、とらえて離すまいとする粘膜の感触――結局、由貴子との夜を思い出して自慰をしている。自分は由貴子に欲情しているのは、間違いない。けれどそれを板野は申し訳なく思えた。恋人でもない、ただの同僚を、そんなふうに思っていいのだろうか。

戸惑っていたのだ。今まで女とのつきあいは、外見が好みで、好きになって仲良くなり、どちらからともなく告白し、デートしてキスしてセックスにいたる。それらの段階を通り越していきなりセックスするなんてことは、なかった。いや、あったとしても、それは本当に飲み屋で知り合った女との一夜限りの関係か風俗で、あとを引かなかったのだ。こんなふうに寝たあとに、頭と身体から離れない女は初めてだった。

由貴子のほうはどう思っているのだろうと考えてしまうが、とりあえず会社ではいつも通りで、自分を気にしているふうでもない。由貴子からしたら、本当に一夜限りの遊びで終わらせているのかもしれないと思うと、何故か胸が痛んだ。

由貴子との出張から二週間が経った頃、上司から呼ばれた。

「急で済まないが、明後日から野坂くんとまたふたりで京都に行ってくれ。商談成立の祝いで、先方がもう一回食事をしたいと言ってるんだ」

そう言われて、頷くしかなかった。

＊

三月の京都は、二週間前よりは寒さがマシになっていたが、やはり東京よりは冷える。そして京都駅に着くと、心なしか観光客の姿も増えている気がした。

「もうすぐ桜の季節ですからね。そうなると身動きとれません。宿もないから、今の時期でちょうどよかったかもしれません」

木屋町《きやまち》の創作和食の店でスポンサーの不動産会社社長との会食を終え、タクシーで帰る先方を見送ったあと、由貴子がそう言った。

「梅はもう、終わってるのか」

「さすがにもう三月半ばですからね。残っているところもあるとは思いますが……。これからは桜目当ての観光客で人が溢れます。梅を見に来る人よりも、桜目当ての観光客は桁が違います」

「俺は桜よりも、夜に秘めやかに楚々と咲く梅のほうが好きだな」

板野がそう言うと、由貴子が笑った。

「私も梅のほうが好き……って、前にも言いましたよね」

「そうだったな」

「でも、ほとんどの人間はわかりやすいもののほうが好きです。たとえば会社の男の人たちだって、私みたいな地味なおばさんより、若くて綺麗でスタイルのよいバイトの女の子たちのほうが好きでしょ？」

そんなことないと板野は反論しかけてやめた。自分だとて、かつてはそうだったのだ。

「……前から気になってたけど、野坂さん、いつも定時になるとすっと帰っていくよね。何してるの」

「映画観たり、舞台観たり、本を読んだり、趣味に時間を費やしてます。気を遣わないといけないような人づきあいはしたくないし、若くないから、残された時間は自分の楽しみにだけ使いたいんですよ。会社の飲み会誘われないとか言っちゃいましたけど、実のところ参加しても、みんな独身の私に変に気を遣ったりするでしよ？　それも面倒で。私は楽しく過ごしているつもりなのに、そうは思わない人もいます。若いバイトの女の子に、『地味で独身で、楽しいことあるのかな、なんか可哀想、ああなりたくないな』なんて言われてるのも知ってるんですよ」

由貴子の言葉に、板野は胸が痛んだ。

自分だとて、身勝手な噂話をしたことがないとは、言えない。由貴子のことだって、色気のないおばさんで、男っ気もなさそうで、将来どうするんだろうななんて、同僚たちと話していたことは、確かにあった。

「タクシーつかまえます？　少し歩いて駅にいけば、電車でもホテルに帰れますけど」

「もし野坂さんが疲れてなかったら、近くで一杯だけ飲まない？　商談成立のお祝いで」

「いいですね。この近くに、私が昔から知ってるバーがあるので、そちらでどうですか」

板野は由貴子に連れられて、木屋町を少し下がったビルの地下にあるバーに入った。入口は狭かったけれど中は広く、カウンターの他にもテーブル席がいくつかある。ふたりは奥のテーブルに向かい合うようにして座った。

注文した酒が運ばれてきて、乾杯をすると、由貴子がグラスの下に敷いてあるコースターを手にとる。

「逢ひ見ての後の心にくらぶれば　昔は物を思はざりけり――」

由貴子がそう口にした。コースターに何か文字が筆の書体で書いてあるのに板野は気づいた。

「あいみての……その和歌、どこかで聞いたことある気がする」

「権中納言敦忠《ごんのちゅうなごんあつただ》の歌で、もとは拾遺集《しゅういしゅう》ですけど、小倉百人一首の中にも収録されてるので有名です」

「詳しいな」

「藤原定家《ふじわらのていか》が小倉百人一首を編纂したと言われているのは嵯峨で、私の実家はそのあたりにあったんです。ここのバー、オーナーが近所の人で、和を基調にしてるのもあって、コースターに百人一首の歌が書かれてるんです。この歌、好きだから、あたりだなって」

確かに言われてみたら、壁には一輪挿しで花が刺され、カクテルも日本酒をベースにしたものが多い。

「どういう意味の歌なんだ。俺、恥ずかしいけど、そういう教養がなくて全然わからない」

「逢ひ見てのというのは、夜を過ごしたあとという意味だと言われています。平安時代の貴族の男女って、実際に顔を見るのではなく、歌のやり取りとかで惹《ひ》かれて男が女のもとに行き……恋愛がはじまるってパターンですよね。この歌は、実際に一夜を過ごすと、想いが深まって苦しくて……それに比べると、会う、つまりは肌を合わす前の憧れなんて何もないようなものだ。要するに、実際にセックスすると惚れて気持ちが深まって苦しくなったというのを謡《うた》っています」

板野は目の前にある酒を思わず飲みほして、由貴子から目をそらす。

まるで自分のことのようではないか。セックスしたあの夜から、ずっと由貴子のことが頭から離れなくて苦しい。

「大人になるとセックスからはじまる恋愛もあると知るから、平安時代も今も変わらないんだなぁって……。むしろ、セックスからはじまる恋愛のほうが純粋なのかもって思うんですよ。身体って、心より正直だから」

「うん」

板野は頷いた。

自分は思いがけず、事故のように由貴子と関係してしまったが、それからずっと由貴子を恋しがっている。この気持ちをどうすればいいのかとずっと悩んではいるが、本当は簡単な話だ。由貴子に惚れているのだ。だから気になって、忘れられない。

「忘れられませんでした――会社で、必死で平気な顔をして仕事をしてたけれど、本当はいつもドキドキしてた。でも私だけがこんな気持ちなのかなと不安にもなって」

「俺も、そうだ。毎日、ずっとあの夜のことを考えていて、苦しかった」

板野はそう言って、顔をあげて由貴子の目を見た。

泣きそうな表情で、目を潤ませていた。本当は、もっと早く気持ちを俺のほうから確かめたらよかったのに。俺はこの女に惚れているのだ、好きなのだ。そう伝えるべきだった。

「野坂くん――ふたりきりになろう」

板野がそういうと、由貴子が頷いた。

＊

「好きだ――」

　板野はそう口にして、由貴子を抱きしめた。

　ふたりは木屋町のバーを出て、タクシーに乗り駅の近くのラブホテルに入った。前の夜は、ビジネスホテルで、声を出せなくて由貴子が苦しそうだったので、思うぞんぶん今度は抱き合おうとラブホテルに来たのだ。

「うれしい」

　由貴子は両腕を板野の背に回す。

　部屋に入り、すぐさまどちらからともなく唇を合わせ、舌を伸ばした。その瞬間、俺の欲しかったのはこれだ――板野はそう思った。

「ずっと君を抱きたかった。毎日、あの夜のことを考えてた」

「私も」

「だけど、こういうの初めてで、どうしたらいいかわからないし、君の気持ちもわからないから、いい年して恥ずかしいけど、勇気がなくて」

「私だって、まるで高校生の頃みたいに、ドキドキしてた。おかしいですよね、一度セックスして、何もかも見せ合っているはずなのに、会社で挨拶するだけで緊張するんです。若くないから、いろんなことが平気になってるつもりだったのに、全然そうじゃなかった」

　由貴子の言っていることは、よくわかった。正面から由貴子の気持ちを確かめることをしなかったのは、怖かったからだ。自分だけが一方的に思いを募らせているのだとしたら、傷つくから、自分自身の気持ちさえごまかそうとしていたのだ。大人だからこそ、恋に臆病になる。勢いでセックスはできても、その先にすすむのを躊躇ってしまっていた。由貴子をこうして誘えたのは、きっと京都という町のおかげだ。旅先だからこそ、踏み越えられ、気持ちを確かめる勇気を持てた。

　ふたりは服を脱ぎ、ベッドに横たわる。重なり合って肌を合わせた。やはり由貴子の身体は柔らかく、心地よい。

「ちゃんと勃つか心配だったけど、大丈夫みたいだ」

　板野がそういうと、由貴子が手を伸ばしてくる。

「本当……固くなってる。ねぇ、これ、舐《な》めていい？」

「いいよ」

　板野があおむけになり、由貴子が身体をずらし板野のペニスを手にする。

「この前は、ちゃんと見られへんかったけど……」

「そんな立派なもんじゃないから恥ずかしいよ」

「ううん……すごく気持ちよかったから……好き」

そう言って由貴子はぱくりと咥えこんできた。

板野は思わず声をあげそうになった。由貴子の柔らかい唇に包み込まれ、先端を舌で撫《な》でまわされ、腰が浮きそうになる。射精させるためではなく、自分が味わうためのフェラチオは、こういうものなのだろうか。

「すごくいい……」

そう声を漏らすと、由貴子が目線をこちらによこし、その目が喜んでいるように思えた。

「フェラチオ、好きなの？」と聞くと、由貴子はいったん唇を離し、

「好きな人のやから、好き」と答える。板野は由貴子が愛おしくて、手を伸ばし頭を撫でた。由貴子の唇を味わい続けていると、一方的にされるがままではなく、つながりたくてしょうがない。少し早いかとは思ったが、夜は長い。

「我慢できなくなってきた」

板野がそう言うと、由貴子が唇を離す。板野は身体を起こし、由貴子を横たわらせて、自分が上になった。指で由貴子のその部分にふれると、由貴子が「あっ」と声を出して身体を震わせる。きつくさわってはいけない、女の人のその部分は敏感

だから──板野は花の感触を愛でるように、指の腹を由貴子の筋に沿わす。

「気持ちいい──」

由貴子がそう口にするので、そっと亀裂に中指の先を入れてみる。熱い粘液が指に絡みついてくる。十分に濡れている。これなら大丈夫だろう。

板野はペニスに手を添えて、由貴子の盾の筋に沿わすようにして、ゆっくりと身体を押し込める。

「あぁ……」

由貴子が声を漏らすので、身体を倒し、唇を塞ぐ。助けを求めるように、由貴子の唇が入ってきた。板野は腰を動かす。

「好きだよ」

「私も……」

そうだ、単純な話だ。好きだから、セックスがこんなにも気持ちがいいのだ。快楽だけではなく、幸福感があった。その幸福感が離れなくて、由貴子のことを毎晩思って、会社では目で追っていた。好きだからだ。惚れているのだ。セックスからはじまる恋愛だってあっていいじゃないか。もう自分たちは若くないからこそ、恋を大切にするべきなのだ。

あいみてののちの心にくらぶれば――

バーで由貴子が口にした百人一首の歌を思い出す。セックスして思いが深まる関係こそが、本当の恋ではないか。身体と心はつながっている。そして身体は、正直だ。身体が求めていたから由貴子に欲情をしていたのは、心が必要としていたからだ。由貴子の存在を――。

「愛している」

「うれしい――」

由貴子が手を伸ばし、ぎゅうっと力を籠める。ふたりはどこもかしこも重なり合い、汗が交わる。由貴子の粘膜と自分のペニスがとけ合っていく感触があった。

やっとひとつになれた――。

全身が震える。由貴子の声が大きくなり、首筋と耳が赤く染まっている。あの北野天満宮の梅苑で、夜に楚々と咲く紅梅のように。

自分の腕の中で悦《よろこ》んでくれるこの女を、きっとこれからもっと好きになっていくだろう。身体がこんなにも合うのだから、どんどん溺れていくにちがいない。

自分たちは若くない、時間が限られているからこそ、愛し合わないといけないのだ――。

板野は「愛している」と言いながら顔を近づけ、声をあげ続ける由貴子の唇を塞いだ。

人妻ゆえに

あかねさす　紫野《むらさきの》行き　標野《しめの》行き　野守《のもり》は見ずや　君が袖振る

額田王《ぬかたのおおきみ》

紫草《むらさき》の　にほへる妹《いも》を　憎くあらば　人妻ゆゑに　われ恋ひめやも

大海人皇子《おおあまのみこ》

伊丹《いたみ》空港に降り立つと、過ごしやすい気温にホッとする。十月下旬だが、今年の酷暑の名残《なごり》なのか、まだ肌を凍らすような寒さは全く感じない。けれど、いい陽気だからこそ、きっと今から向かう京都は混雑しているだろうとの予想もつく。新千《しんち》歳《とせ》空港からの飛行機でも、修学旅行らしき高校生の団体を見かけた。

藤堂武彦《とうどうたけひこ》は、スーツケースを受け取り、京都行の空港バスに乗り込んだ。モノレールを使い阪急《はんきゅう》電車に乗り換える手もあるが、寝ていられるバスが楽だ。大阪も京都も久しぶりだった。大阪は五年ほど前に家族旅行で来たことがあるが、京都は最後に来たのが何年前か覚えていない。もしかしたら母親の葬儀以来かもしれない。生まれ育った場所のはずなのに、ずっと避けていた。

バスが動き出して武彦は目をつぶる。京都駅に直結しているホテルに予約が入っており、着いたらラウンジであの人が待っているはずだ。まともに向き合うのは、二十年ぶりだろうか。十五年前の父の葬儀、その一年後の母の葬儀では、ほとんど会話を交わす暇もなく、逃げるように帰ってしまった。自分の妻もいたので、気まずくもあった。妻はあの人のことは何も知らないはずだけれど、武彦自身のうしろめたさがあった。

今回、京都を訪れたのは、兄・智彦《ともひこ》の還暦パーティに出席するためだ。五十歳の武彦より十歳年上の智彦は、父親の跡を継ぎ、京都で和装小物や手拭いなどを手掛ける会社の社長だ。もともと老舗であったが、近年、外国人や若い女性客の喜びそうな和装小物を、京都の様々な職人たちと組んで新しいブランドを立ち上げて、それが当たった。兄の商才には感服するし、父が生きていた頃から、ずばずばと父や重役に対しても意見を言って、強引ながらもどんどんと企画を成功させ、不景気の中で売り上げを伸ばしていった手腕は誰もが認めていた。

そう、兄は強引な男だった。自信に溢《あふ》れ、傲慢《ごうまん》で、けれど人の心に入り込むのが上手く、長身で鍛えた身体は男性的な魅力に溢れていた。見た目も中身も凡庸で、商売に興味のない自分ははなから敵わない相手だった。子どもの頃から兄は絶対的な強者で、勝てるはずなどない。だから身を引いて、京都を離れ正解だったのだ。

還暦パーティも本当は来たくなかったが、兄に、「どうしても来てくれ。お前、親の葬式も終わるとすぐに帰ってしまっただろう。俺も還暦で、今後どうなるかわからないから、顔を見せるぐらいのことはしてくれよ」とわざわざ電話をしてきて、断る理由を探しているうちに、「ホテルも予約してあるし」と話を決められてしまった。

　兄夫婦には子どもがいない。今後、会社をどうするかという話でもあるのだろうか。今さら実家に戻り会社と関わる気はないけれど、親族としての責任もあるとしぶしぶながら帰郷を決めた。

　一応、妻の春美《はるみ》にも声はかけたけれど、「仕事休めないし、めんどくさそうだから」と予想通り断られた。春美は武彦が実家を離れ、北海道ひとり旅をしているときに宿で知り合った五つ年下の女だった。明るく無邪気で思ったことをはっきり口にする春美に好感を持ち、連絡先を交換した。武彦がそのまま北海道に居つくのを決めたとき、札幌《さっぽろ》に住む春美の実家の居酒屋でアルバイトをすることになり、毎日顔を合わせるうちに恋人同士になった。武彦はその後、写真を学びカメラマンとして独立、春美と結婚し、ふたりの子どもをもうけた。春美は今でも実家の居酒屋で両親や兄夫婦と一緒に働いている。

　結婚したときはお金もなかったので、式も披露宴もあげなかった。兄や父親には事後報告で手紙を書いたが、父は兄とのことでうしろめたさもあるのか何も言わず祝い金だけを送ってきた。

フリーランスのカメラマンの仕事は、安定した収入はないけれど、京都の実家の会社で父や兄の下でサラリーマンをやっているよりはよっぽどよかった。蒸し暑い京都よりも、北海道の気候のほうが自分には合っていた。そうして五十歳になり、子どもたちも中学、高校に行き、裕福ではないが、働き者の妻と何の不満もない生活を送っているはずだった。

だから本当は京都に来るべきではなかったのだ。せっかく治った傷口のかさぶたを、また引っぺがすような旅になるのは、間違いないのだから。

「武彦さん」

チェックインを済ませホテルのラウンジで一服していると、声をかけられた。

「お久しぶりです」

現れた女は、青みがかった紫のワンピースの上に、白いカーディガンを羽織っている。かつて長かった髪の毛は肩のところで切り揃えられていた。少しふっくらしたような気はするが、切れ長だけど丸い目、コンプレックスだと言っていた薄い唇は変わらない。二十年前、別れたときは二十五歳だったから今は四十五歳のはずだが、若く見える。

　そうだ、紫は彼女の好きな色だった。だから誕生日に紫のスカーフを贈ったことがあると武彦は思い出す。別れてすぐ北海道に旅したとき、富良野《ふらの》に立ち寄り、ラベンダーを見て彼女を思い出し、胸を痛めたことも。

「志津子《しづこ》――さん」

　しぃちゃんと、かつて恋人同士だった頃の呼び方が最初に浮かんだが、必死で留めて名前を口にした。

　志津子は武彦と向かい合うソファーに身体を沈め、珈琲を注文する。

「本当に、お久しぶりですね。武彦さん、変わらへん」

　懐かしそうに志津子が目を細める。

「志津子さんも、昔のままだ。今日はわざわざ迎えに来ていただいてご足労かけます」

「そんな堅苦しいこと言わんといてください。せっかく久しぶりの京都なんやから、遊んで帰ってください。今日は私にまかして」

　志津子の言葉に武彦は苦笑する。志津子は兄に頼まれ、武彦のアテンドに来たのだ。

「京都に早めに来て、少し観光もしたらどうだ。俺は仕事があるから、志津子を迎えに行かせる」――兄の智彦からそう言われて、断るのも昔を気にしているようだと武彦は受け入れるしかなかったが、複雑な心境だった。還暦パーティは明日の午後から京都市内のホテルで行われる。

もう二十年たったのだから、お互い平気だろうと兄は思っているのか。それならばこちらも平気なふりをしなければいけない。いい大人なのだから。

「車をすぐ近くに停めてあります。市内は修学旅行生と外国の人でいっぱいやから、少し外れのほうをまわろうと思って」

志津子はそう言って、目の前の珈琲に口をつけた。

かつて熱烈に愛して、結婚しようと誓い合った女の冷静な姿に、武彦はどんな表情を作ればいいのかわからない。

「しぃちゃん、可愛い、大好き」

「私も武彦さん、好き、愛してる」

裸で抱き合うときは、何度もそうやって愛の言葉を交わしていた。

志津子は女子大を卒業して新卒で武彦の父の経営する会社に就職し、店舗の販売員として働いていた。その店を担当して仕事を教えていた武彦は、あか抜けないところが残る志津子から「好きです」と書いた手紙を渡され、気持ちに応えて恋人同士になった。武彦もそう女を知るほうではないが、志津子は処女だった。ゆっくりと身体を丁寧にほぐし、痛くないようにと優しく愛撫し、志津子が痛みに耐えながらも「初めてが好きな人でうれしい」と自分の背中に手をまわしてくる様子に感動した。

五度目のセックスで、志津子はおそるおそるといったふうに武彦の性器を口にしてくれた。すべて口の中に入れることはまだ抵抗があるようだったが、舌の先端を動かし懸命に舐《な》めてくれる姿が愛おしかった。

その頃になると、挿入も馴れたようで、秘めやかながらも志津子は武彦が愛撫や挿入で腰を動かす度に、声をあげて悦《よろこ》びを表すようになった。

性器に口をつけるのも初めは恥ずかしがって拒まれたが、「しぃちゃんの身体に汚いところなんてない。全部見て、俺のものにしたい」と頼むと、首筋を真っ赤にしながら両脚を開いて見せてくれたので、顔を埋めた。

武彦にとって初めての女ではなかったけれど、こんなに心も身体も夢中になった経験はなかった。休みの日や、仕事が終わるとホテルに行き、身体を重ねた。

「しぃちゃんとずっと一緒にいたい」

つながりながらそう言葉を交わし、結婚の約束をした。

「私も」

武彦さん、好き、大好き——あのとき交わした言葉は嘘ではなかったと思いたいのだけれども、驚くべき形で破局は訪れた。

兄の智彦が、志津子に目をつけたのだ。十歳上の兄は、当時、父の跡を継ぎ社長に就任したばかりだった。父は退任して会長となっていた。兄は二度離婚して独身だったが、女に困る男ではないし、祇園《ぎおん》のホステスたちと遊んでいるのも知っていた。そんな兄が、純朴な志津子を気にかけ始めたのは、うぶな女が新鮮だったのだろうか。それとも妻にするなら、男慣れしてなさそうな女がいいと思ったのか。

あるときから、志津子が武彦と会うのを避け出した。「お母さんが具合悪いの」と聞いていた。志津子の家は父親が借金を残して亡くなり、母親が志津子と妹や弟を女手ひとりで育てて、まだ返済も残っていることは知っていた。志津子自身も奨学金をもらって大学に行き、返すのが大変だとも。

武彦は、もし自分がもっと出世して会社でも地位が高かったら志津子に金銭的な援助もできるのにと、己のふがいなさが悔しくもあった。サラリーマンは向いてないし、仕事もつまらなかった。父親と兄の会社で、自分の出来の悪さに劣等感もあった。

志津子が「会社を辞める。武彦さんとも別れます」と書いた手紙を渡してきたのは、青天の霹靂だった。確かにここ三ヵ月ほどは、志津子とふたりきりで会うことはなかったけれど、結婚だって誓っていたはずなのに。

志津子を呼び出し、何があったのか問おうと、待ち合わせ場所に指定した喫茶店の個室に行くと、志津子は兄の智彦と現れ、武彦は呆然とした。

「武彦、すまん。俺が志津子に惚れて、気持ちを抑えきれなかった」

兄は謝りながらも堂々としていて頭を下げない。志津子は智彦の隣でずっと俯《うつむ》いていた。

「ごめんなさい……」

そう口にしながらも、顔をあげようとはしなかった。

武彦は何も言えなかった。すべてを察して、諦めるしか選択肢がないのもわかっていた。男らしくエネルギッシュで二代目社長でもある兄に、自分が敵うわけがないのだ。兄なら、志津子の家の経済的な苦境も助けられるだろう。何より、自分が抵抗しても、志津子自身の気持ちが兄にあるならどうしようもない。

けれど、そばにはもういられないと、武彦は翌日、辞表を出した。兄は引き止めることなく、「できる限りのことはする」とだけ告げて、武彦の口座に規定の退職金より多めのお金を振り込んだ。武彦は北海道に行き、三ヵ月ほど安い宿に泊まり放浪した。もう京都に戻りたくはなかった。

そのときに今の妻である春美とも知り合って、そのまま札幌に居ついた。

兄に奪われたかつての恋人と、こうしてふたりで向かい合うのは、いつぶりだろうか。


「志津子さん……」

「いや、しぃちゃんて呼んで」

ホテルに入り、躊躇《ためら》いを捨てるように武彦は強く志津子を抱きしめ、隙を与えることなく口づけ、名前を呼んだ。志津子の手は武彦のうしろにまわっている。昼間に京都駅に直結したホテルのラウンジで再会したときは、少しふっくらしたと思ったが、肉がつくことにより腰のくびれが際立っているのが抱きしめてわかる。

「しぃちゃん、変わらない」

「ううん、おばさんになった。でも、それでも武彦さんに抱かれたいねん」

武彦の胸に顔を埋めてそう口にした志津子の顔をあげさせ、もう一度唇を重ねる。

今度はどちらからともなく舌を入れておそるおそるふれさせる。柔らかい舌は、昔のままだ。

「シャワー、一緒に浴びる？」

武彦が唇を離し問うと、志津子は「うん」と頷《うなず》いた。その耳元が真っ赤になっている。

昔、いつもホテルでそうしていたように、ふたりは服を脱ぎ、裸になって浴室に向かった。シャワーのお湯でボディソープを泡立てて、武彦は志津子の全身に塗りたくる。久しぶりだが、馴れた手順だ。けれど肉がついた志津子の身体は、泡を塗る度に柔らかさを感じ、心地よい。

ふと、妻の春美の姿を思い浮かべてしまった。活動的な春美は、子どもたちが小学校に入る頃から、ヨガやピラティスに凝り、ジムにも通うようになった。もともと細身の女だったが、身体に筋肉がつき、本人は「スタイルが良くなった」と自慢のようだが、武彦からしたら柔らかさやなめらかな線を失った身体には魅力を感じられない。いや、春美と完全にセックスレスになったのは、それだけではなかった。

春美の実家の敷地内に建てられた家は、そう大きくないので、子どもたちに声が聞こえるとよくないと、最初の子どもが生まれたあとで、春美がセックスを避け始めた。二番目の子どもを作るためにセックスは何度かしたが、排卵日を狙う義務的なもので、気はそがれていた。そして今ではもう、完全に無くなっていた。

春美とは仲の良い夫婦だと思っている。一緒にいて気は合うし、楽しい。家族は大切だ。けれど、セックスが無くなってから、自分の中に何か足りないという渇望は常にあった。

ときおり風俗で遊ぶことはあったし、仕事で出会った女と寝たことは何度かあるけれど、数えられる程度だ。

けれど、だからと言って、二十年ぶりに再会した、兄嫁となったかつての恋人と再び抱き合うのは、予想外だった。

「足、開いて」

武彦が手に泡をとり、そう言うと、志津子は困ったような表情を浮かべながらも武彦の言葉に従う。泡を太ももの間に塗るふりをして、かつて何度も口づけた志津子の秘部を指で確かめる。

「うぅ……」

志津子が身をよじらせた。

――今日の昼間、志津子と京都駅に直結したホテルのラウンジで再会して、志津子の車でふたりはまず山を越えて滋賀の大津《おおつ》の近江神宮《おうみじんぐう》に行った。

「紅葉にはまだ早いけど、ええところやで。京都もええけど、滋賀も京都からすぐやし、ええとこたくさんあるねん」

言われてみて、志津子の実家が滋賀県だったのを思い出した。けれど確か大津ではなく、もっと東の東近江《ひがしおうみ》市辺りだったはずだ。

車を置き、鳥居を抜け参道をふたりで歩いた。京都からすぐなのに、近江神宮に足を踏み入れるのは初めてだった。大化の改新で蘇我《そが》氏を滅亡させた中大兄皇子《なかのおおえのみこ》が、即位し天智《てんじ》天皇となり、都を奈良から大津に移し、その天智天皇が祀《まつ》られているのが近江神宮だと言われて、そうなのかと感心した。天智天皇といえば百人一首ぐらいしか知らなかったのだ。

近江神宮は境内も広く、静かで風情があった。すべて参拝すると時間がかかるし疲れてしまうからと、拝殿で手を合わせたあとは、ぶらぶらと歩いた。

「もうすぐしたら、紅葉目当ての人でいっぱいになるから、ゆっくりまわることもできひん」

「京都だけじゃなく、滋賀もそうなのか」

「今、滋賀は人気あるで。この近江神宮だけやなくて、石山《いしやま》寺や三井《みい》寺は京都から近いし。でも、この辺りは今は穴場やろ。修学旅行生が来ぃひんからな。紅葉までの秋は、京都は学生だらけやもん、大人は落ちつかん」

「いいところだな」

少し紅葉が赤みがかっているものもあり、秋の風情も味わえる——と、武彦は思った。

「せっかく久しぶりに北海道から来てもらったんやから、ゆったりとできるところを案内したかってん」

志津子がそう言って、笑った。

そのあと、志津子が予約した山科《やましな》の創作和食の店に行ったのだ。武彦は、人妻が夜も出かけていいのかと心配したが、「智彦さんは毎晩会食やから、ええねん。帰ってくるのも遅くてすれ違いや」とのことだった。

兄とも用事があるとき以外は連絡を取り合っていなかったし、その際も志津子の話はしない。子どもがいないことは知っているが、ふたりがどんな生活を送っているかは全く知らなかった。いや、知ろうとしなかったのだ。知りたくなかった。

ただただ、幸せでいて欲しいとは思っていた。そうでないと、あのとき、黙って兄に志津子を譲ったことを後悔してしまう。

志津子は運転があるからと飲まなかったが、武彦は久しぶりの京都で旨い肴に導かれるように日本酒を口にして、少し酔った。けれど、分別がつかないほどの酔いではなかったはずだ。それなのに、こうして志津子とホテルに来てしまったのは、志津子が「もっと一緒にいたい」と言い出して、武彦が躊躇《ためら》っているうちに、山科の高速道路のインターチェンジ近くのホテルに入っていったからだ。

そうなると、武彦も覚悟を決めるしかなかった。駐車場に車を停め、志津子の唇を吸った。志津子の唇の感触に、身体がもう言うことを聞かない。そうしてふたりはホテルの部屋に向かった。

「武彦さんのも、きれいにさせてや」

志津子はそう言って、泡だらけの身体を武彦によせてくる。背中に手をまわし、抱き合いながら、身体をこすりつけあう。志津子の身体に武彦の男のものが当たっている。硬くなっているのも気づかれているはずだ。

志津子がそっと肉の棒にふれる。手のひらで握りながら、人差し指と中指で先端の鈴口を撫《な》でてくる。

「うぅ」

今度は武彦が声を漏《も》らした。志津子はどうすれば武彦が感じるのか覚えていてくれたのだ。お返しだと言わんばかりに、武彦は再び志津子の股間に指をすべりこませる。

泡に塗《まみ》れた身体をこすりつけあいながら、ふたりは声を漏らす。このままでも十分気持ちいいが、出てしまいそうだと、武彦のほうから身体を離した。シャワーで泡を流し、大きなバスタオルで身体を拭いながら、ダブルベッドのある部屋に戻る。

武彦は、ふと上を見上げ、天井が鏡になっているのに気づいた。ここは、昔、何度かふたりで訪れたホテルだと思い出す。重なり合っている姿が見えるので、志津子が恥じらっていて、その様子が可愛くてたまらなかった。

「しぃちゃん、おいで」

武彦は志津子の手をつかみ、タオルを剝《は》がし、ベッドの上に横たわらせ、上から志津子を見下ろした。

化粧はほとんどとれているが、素顔のほうが昔のままに近い。恥ずかしいのか志津子は両手を腹の上に置いているが、柔らかい乳房は横にひろがる。昔から、色の白い女だった。乳房もやはり大きくなったようで、そのせいか乳輪が目立つ。色は変わらぬ、薄桃色だ。下腹部に生い繁る繊毛が濃いめなのも、変わらない。

「恥ずかしいから電気消して」

「嫌だ。しぃちゃんの身体、じっくり見たい。だってここに連れてきたの、しぃちゃんだろ」

そう言いながら、武彦は志津子にのしかかり、首筋に顔を埋め、唇をつける。強く吸うと痕《あと》が残るが、かまわない気がした。

昔、愛した女とはいえ、兄の妻だ。しかも、明日は兄に会う。そして自分には家庭がある。でも、ここまで来たら流れに従うしかない。それに、武彦の心も身体も飢えきっていた。好きな女と抱き合うのは、風俗に行くのとは全く違う。心が求めていたのだと気づいた。

好きな女――そうだ、再会してあのときと変わらぬ気持ちが蘇ってきたのだ。志津子への気持ちは、二十年のときを飛び越えて、一瞬にして戻ってしまった。

「しぃちゃん、きれいだ」

武彦はそう言って、左手で志津子の乳房の柔らかさを確かめながら、唇をずらす。京都のなだらかな東山《ひがしやま》の山並みのような志津子の胸、腹を唇でたどり、下に身体をずらしていく。口にせずとも、待ち受けていたように、志津子が両脚をひろげ、武彦の目の前に懐かしい女の秘部が現れた。

繁る繊毛に守られるように、楚々とした小さめの花びらがある。左のほうが少し大きめで、頂上には小さな粒が少しばかり顔を出していた。

「ここも、変わらない。懐かしい」

「や……恥ずかしい……」

そう言いながらも、男に見られる悦びで、志津子の花びらの奥からはぬめりが溢れ出し、てかっていた。

「濡れてる」

「いやや……」志津子は腰をくねらす。

「いつから濡れてたんだ」

「……ずっと。武彦さんの顔を見たときから、思い出して」

武彦は顔を近づけ、大きく息を吸い込む。石鹸《せっけん》の匂いと混じり、酸味が漂う。

「してないのか」

ふと、志津子のその部分を眺めながら、疑問を口にした。

「ずっと、もう何年もしてへん。智彦さんは、もう、そっちはあかんねん。五年前に病気で手術もして……」

兄は自分より十歳上だから六十歳だ。確かに年齢的なことはあるかもしれないが、昔からすべてにおいて精力的な兄の姿からは想像がつかない。自分と違い、絶えず女はいたはずだし、過去の二度の離婚もそれらは関係していたであろう。

「……もともと弱い人やってん、そっちが」

志津子の言葉は意外だった。兄のセックスなど知るよしもなかったが、普段の精力的で自信に溢れた様子から、誰もが兄はセックスが好きで強い男だと思っていたはずだ。

「じゃあ、寂しかっただろう。可哀想に」

思わず武彦はそう言って、唇を志津子の性器に押し当てる。

「ぁあっ」

志津子が腰を浮かしかけたので両腕で押さえつけた。武彦自身も、こんなふうにするのは久しぶりだ。舌を伸ばし、縦の筋に沿うように動かすと、志津子は足に力が入るのか、武彦の頭を膝で挟む。

「――いい――」

志津子はずっと声をあげていた。声を出すのと同じリズムで、足で武彦を絞めつけてくる。武彦はふるふると震え顔を出す、志津子の一番感じる小さな粒を唇でそっと挟んだ。

「あかん――そこは――」

志津子の身体が震えていた。力を入れると感じすぎて痛みに近いので、そっと唇で挟むのがちょうどいいぐらいなのは知っていたが、それでも十分感じるのは、これをされたのも久しぶりなのだろうか。

「しぃちゃんのここも、変わらない。昔と同じ、すごく感じてくれてうれしい」

武彦が唇を離して、そう口にすると、志津子は身をよじらせ、両手で顔を覆う。

「――恥ずかしい」

「恥ずかしがらなくていいのに」

「だって、おばさんやのに」

「おばさんじゃないよ、しぃちゃんは。ううん、おばさんだっていい。俺にとっては、ずっと変わらない」

志津子は顔を覆いながらも、

「ほんまは、怖かってん。武彦さんは、私の若い頃しか知らんから……」

「俺だって、おじさんになった。勇気も必要だった」

武彦はそう口にした。そうなのだ、志津子だけではなく、自分だって年を取った。ホテルに来たはいいものの、セックスだって最後にいつしたのか覚えていないぐらいで、勃つか不安だった。セックスは、もう二度としないんじゃないかと思っていた。

　セックスをしなくても、人間は生きていける。それは確かだ。そしてセックスがなくても平気な人間だって、多い。自分の妻がそうだろう。だから武彦自身も、平気だと思い込もうとしていた。けれど、こうして久しぶりに女にふれてみると、かつて毎日のようにセックスをしていた若い頃に戻ったようだ。

　こんなに気持ちのいいことはない——そう思う。

「しぃちゃん、俺のも舐めて」

　武彦がそう言うと、志津子はベッドから身体を起こし、武彦が仰向けになる。

「硬くなってる」

「しぃちゃんだから」

「うれしい」

　志津子はそう答えて、左手で武彦の肉の棒の付け根を押さえるようにして、先端を口にした。舌でぺろぺろと鈴口に溢れた透明の液を拭うように舐め取ったあと、その薄い唇の奥まで咥《くわ》え込んだ。

「あ——」

　武彦が声を漏らす。処女であった志津子は、最初はたどたどしいやり方で、いちいち恥じらっていたが、半年もたつと、自分から望んでこれをしてくれるようになった。

「好きな人のだから。好きな人が悦んでくれるのうれしい」

そう言ってくれるようになった頃には、このように奥まで呑み込み、上下させながら舌をからみつけるほど上達していた。

「しぃちゃん……上手い……すごい」

気持ちがいい――武彦は首筋を反らす。顔をあげて、目を開くと、天井の鏡に自分の股間に顔を埋める志津子の背中が映っていた。志津子の背中のくびれと白い張りのある尻の線に見惚れる。

「しぃちゃん、映ってるよ」

「え」

志津子が口を離し、天井を見上げる。「いや……恥ずかしい」そう言って、再び俯いた。

「俺のを可愛がってくれてうれしい。気持ちいい――もっと」

武彦がそう言うと、志津子は顔を戻し、もう一度肉の棒を口の中に入れる。女にこれをさせるのは物理的な気持ちよさもあるが、普段、淫らさの気配など感じさせない女が、男の欲望の棒を口にしているのを見ると、そこまで奉仕してくれるのだという感動もあるからだ。

もっとも、本当にこれが好きな女は奉仕しているつもりなどない、楽しんでいるらしい。志津子には「嫌じゃない」と、昔言われた。女によっては、この行為が苦手な者も少なくない。だからこそ、風俗というものがあるのだろう。

志津子の口の中の感触をずっと楽しみたかったが、疲れさせてはいけないと、武彦は、「しぃちゃん、もういいから」と、声をかける。

「しぃちゃんの中に、挿れたい」

そう言いながら、武彦は志津子をベッドに押し倒す。ふたりの身体が白いシーツに沈む。志津子が武彦の背中に手をまわしてきた。

「武彦さん――久しぶりやから、痛いかもしれん。ゆっくりと」

「わかった」

俺も久しぶりだと言おうとしたが、やめた。こうなる前は、勃つか心配していたが、志津子の丁寧な口での愛撫のおかげで、問題はなかった。武彦は志津子に覆いかぶさったまま、指でその部分にふれ、中指だけを入れて軽く動かす。

「大丈夫、濡れてる」

そう言って、志津子の両脚を大きく広げ、自分の肉の棒に手を添えて、秘花にふれる。

志津子が「あ」と小さく声をたてて、身をよじらせた。

「まだ挿れてない、当てただけなのに」

武彦がそう言うと、志津子の首筋が更に赤く染まった。こうしてふれるだけでも気持ちがいいのかと、武彦はわざと挿入せず、志津子の縦の筋に合わすように、肉の先端で撫でる。

「ぁあんっ！」

今度は志津子ははっきりと歓喜の声をあげた。こんな敏感な女だっただろうか。それとも久しぶりだから、感じやすくなっているのだろうか。

「挿れてなくても、気持ちいいの？」

「うん……」

そんな志津子が愛おしくて、武彦は我慢できず、添えていた手を離して腰を前に突き出すようにして先端を差し込む。

「あー」

志津子がのけ反る。大丈夫そうだと思い、再び腰を押し込むようにして、ずぶりと肉の棒を女の襞の狭間に突き刺した。

「しぃちゃん、痛くない？」

「……一瞬だけ、痛かったけど、もう今は、気持ちいい――」

志津子がそう言うので、武彦は腰をゆっくりと動かし始めた。その動きに合わすように、志津子の口から声が漏れる。

「どう、久しぶりの、これは」

「すごく、いい……うれしい」

武彦の背中にまわった志津子の腕の力が強まった気がし、武彦は腰の動きを速める。志津子の内側の粘膜からぬるりとした液体が溢れ武彦の肉の棒にからみつく。

「音がする。しぃちゃんの中から」

「や……」

ふたりがつながっているところから、ぴちゃぴちゃと魚が水遊びするような音が聞こえ、ホテルの部屋に響く。

「武彦さん」

「ん？」

「気持ちいい？」

志津子が武彦の下でそう聞きながら、じっと目を見てきた。武彦は逃げずに目を見返して、「すごくいい」と答える。

うれしい――志津子がそう口にすると、襞の締めつけがきつくなった気がした。心が悦ぶと身体も悦んで反応するのだろうか。

だからセックスは好きな人としたほうがいい――そんな当たり前のことを改めて思う。志津子とつきあっていた頃は、自分は志津子以外の女に見向きもしなかった。まっすぐに志津子を好きで、彼女もそうだと信じていた。

だからセックスも、ひたすらふたりの世界で、どうすればお互いが気持ちよくなるか、それだけを考えていられた。

結婚したら、そうはいかない。子作りのためのセックスであったり、機嫌取りのためのセックスであったり――子どもが生まれると声を出さないようにと加減もしなければいけない。こんなふうに純粋にセックスの快楽に没頭できないのだ。

風俗に行くのは、全く別物だ。相手に思い入れがないから、身を委ねられる楽さはあるけれど、何も残らない。

好きな女とのセックスが一番いい――それなのに、どうして自分は、あのとき、志津子が兄と一緒になると言い出して、あっさりと手放してしまったのだろうか。

わかっている。怖かったからだ。兄という存在は子どもの頃から絶対的だった。まともに戦えるわけがなかった。いや——戦って負けて、自分が惨《みじ》めになるのが嫌だったのだ。俺は自分の心の弱さゆえに、志津子を手放した——それでも志津子が幸せでいてくれるならいいと思っていたけれど——。

「しぃちゃん、うつぶせになって」

武彦はそう言って、いったん抜いて身体を離すと、起き上がった志津子を四つん這いにさせる。後ろから突かれると、いいところに当たって感じるのだと、かつて志津子はこの体位を好んだ。

「恥ずかしい……」

そう言いながらも、志津子は顔をシーツに埋め、尻を掲げる。

白くてなめらかで吹き出物ひとつないふたつの山の狭間に、小さな蕾が見えた。その下の、重なり合った花びらは、最初に見たときよりも、てらてらと光っている。志津子の中から溢れた水のせいだ。

武彦は膝をつき、今度は躊躇いなくその花びらの奥に自分の肉を突き立てた。

「ああ——」

志津子の背中が反った。動物が交わる形は傍から見たら、どれだけ滑稽なものだろう。どんなに取り繕った男も女も、動物と同じなのだ。セックスは人間がまとう社会性をこうして剝いで、心も裸にしてくれる。だからこそ、気持ちがいい。

「しぃちゃん――」

志津子の腰のくびれに手を置きながら、武彦は身体を動かす。志津子は声が溢れてしまうのか、顔をシーツに埋め、「うっ」と、呻《うめ》いていた。

「あ――」

志津子が顔をあげてのけ反り、叫び声をあげたのは、武彦がうしろから手をまわし、志津子の一番感じる小さな粒にふれたからだ。

「あかん、それ――イってしまう――」

「イっていいよ」

武彦が中指を小刻みに動かすと、「イく――」と、志津子が声をあげ、全身が震え出す。腕で自分の身体を支える力もなくなったのか、シーツに突っ伏してしまった。声はたてないが息が荒い。

「しぃちゃん、俺も」

武彦がそう言うと、志津子はごろりと仰向けになる。目は潤み、頰も首も赤く染まり、唇はひくひくと震えている。感じてくれているのだ――そう思うと愛おしくてたまらなくなり、武彦は志津子に覆いかぶさり、そのまま肉の棒を挿した。

「武彦さん——うれしい、またこうして抱き合えて」

「俺だって」

「好き——」

志津子の言葉に血が滾《たぎ》り高揚する。武彦は自分の身体の奥から震えが全身に広がってくるのを感じた。

だめだ——我慢できない——。

「しぃちゃん、ごめん、俺」

「来て——中に——」

志津子が武彦の背にまわす腕の力を強め、自分のほうへ引き寄せる。

武彦は耐えきれず、咆哮《ほうこう》をあげて、志津子の中にこみあげる衝動に従い、男の精をすべて放った。

果てたあと、シャワーを浴び汗を流すのももったいなく、湿ったベッドの上で武彦と志津子は手をつないで横たわっていた。

「しぃちゃん、帰らなくていいの？」

「遅くなってもええねん。誰にも怒られへん」

志津子はそう答えた。

武彦はどういうつもりで志津子が自分を誘ったのか聞きたくもあったが、言葉にする勇気がなかった。

「武彦さんは、お子さんにも恵まれて、きっと何不自由ない暮らしをしてはるんやろうなぁって、ずっと思ってたし、実際、そうやろ？」

志津子の言葉に、武彦は頷くしかできない。そうなのだ、妻とはセックスはないけれど仲はいいし、子どもたちは可愛い。仕事もそう稼げるわけではないが、フリーランスの身分は自分に合っている。妻の実家と同じ敷地内に家も建ててもらい、不自由は全くない。

「しぃちゃんは、幸せじゃないのか」

「……世間から見たら、何不自由ない生活やろうなぁ。智彦さんは、強引で我の強い人やけど、無神経ではないし、逆らわへんかったら、優しくしてくれる。優しいのは、無関心やからかもしれんけど——」

志津子は何か考えているように、一瞬言葉を止めた。

「我儘言ったら、あかんなぁ。智彦さんのおかげで、うちのお母さんの病気の治療費も困らんかったし、弟たちも大学に行かせられた。こんなん言うたら、お金目当てで結婚したみたいやけど、そうでもないんよ。智彦さんが私を気にいってくれて、最初はまさかって思ってたけど、魅力的で、だけど優しくて、頭もよくて、確かにどんどん惹《ひ》かれていった」

「俺のことは――」

武彦はおそるおそるといったふうに口を開く。

「……好きやったで。私は、最後まで迷って、心が揺れとった。武彦さんが私のことすごい愛してくれてるの知ってた。身勝手やけど、悩んで、苦しんで、武彦さんのことは好きやけど、智彦さんに惹かれる気持ちも無視できひんから……身を委ねることに決めてん。そやけど、智彦さんが私を好きになったって伝えたとき、武彦さんがそれを受け入れたのはショックやった」

なんて身勝手な言い分だろうと武彦は思ったが、それは志津子だとて承知だろう。

「じゃあ、俺が、あのとき、しぃちゃんは兄貴に渡さないって言ったら、どうしてた？」

「……わからへん」

志津子はそう言って、武彦の胸に顔を埋めた。言葉にしないのは、志津子の気遣いなのか、本当にわからないのか、責める気はない。もう、二十年前の話で、結局、志津子は兄と結婚し、自分だとて他の女と家庭を持ったのだ。

「俺は、結婚しても……しぃちゃんのこと、忘れられなかった。でも兄の——妻だし、フラれたから、ずっと秘めてた。だから本当は、今回、京都に来て、兄貴は忙しいから、しぃちゃんが来ると聞いて、気持ちが戻るのを心配してた」

もし、あのまま車で宿に送られて別れてしまえば、兄の妻と義弟のままでいられたのに。

「ごめんな……」

「しぃちゃんがどういうつもりで俺を誘ったのか知らないけれど、割りきった遊び相手なら、俺は無理だ。明日、兄貴のパーティで顔を合わせるのが最後でもう二度と会わない。俺は器用な男じゃないから、気持ちが残る女と関係を持ち続ける自信がない」

「武彦さん……」

そう言って自分を見つめる志津子の目が、潤んでいるように見えた。武彦は、ふと自分の中に意地の悪い気持ちが湧き上がるのを感じた。

「どうせ、兄貴と離婚するつもりもないんだろ。社長夫人が、フリーのしがないカメラマンと一緒になれるわけがない」

そうだ、俺は弄《もてあそ》ばれたのだと、武彦は自分に言い聞かせる。自分の元を去っていった女が、退屈しのぎなのか、身体を持て余していたのか——手頃な昔の男を誘ったに過ぎないのだ。そこには未練や愛情などあるはずがない。

「ごめんなさい——」

志津子は消え入りそうな声で、そうつぶやく。

「もう帰ろう。ホテルまで送ってくれたら助かるけど、嫌ならタクシー使うから無理しないで」

武彦は志津子を残したままベッドから抜け出して服を身に着け始めた。


智彦の還暦パーティは、翌日に東山のホテルで開かれた。武彦は早めに到着し、控室に行き智彦に挨拶をする。

「よく来てくれた、ありがたい」

久しぶりの智彦は瘦《や》せて老けていたのが気にはなったが、上機嫌で武彦を迎えてくれた。そういえば、昨日、志津子が智彦が五年前に病気で手術をしたと言っていたが、今もどこか病《や》んでいるように顔色がくすんでいる。

そんな智彦の隣で紫の訪問着を身に着け、髪の毛をきっちりセットした志津子が頭を下げた。

「年を取ったせいかな。家族というのが大切だと痛感するようになった。うちには子どもはいないから、お前が息子みたいなもんだ」

「何言ってんだよ、兄貴」

十歳離れた兄に、武彦は笑いながら言った。

志津子は微笑みを浮かべて夫を眺め、「妻」を演じきっていた。昨夜の出来事など、無かったかのように。

でも、これでいいのだと武彦は思った。今日のパーティが終わり、明日の朝、飛行機で北海道に帰る。家族の待つ家に戻り、今まで通りの生活が続く。それで誰もが幸せになれるのだ、と。

パーティの出席者は三百人ほどだと聞いていた通り、会場に入るとかなり賑わっている。京都を離れて久しいので、知らない顔がほとんどだ。社長の弟だとは誰も気づかないであろうが、そのほうが楽だと思った。立食パーティなのが救いだ。その辺の客に紛れてしまおう、目立つつもりはない。

時間になり、司会者が挨拶をし、今日の主役である智彦を呼んだ。

紋付き袴姿の智彦が、ゆっくりと登場し、深々と頭を下げる。

「本日は私のためにお忙しい中お集まりくださり、誠にありがとうございます――」

重厚感のある太い声で、智彦が挨拶をする。

「今日の私がありますのは、従業員、取引先の皆様、お客様、そして私を長年支え続けてくれた妻の志津子のおかげでもあります。志津子――」

名を呼ばれ、志津子も壇上に上がり、一歩引いて智彦の隣に立ち、頭を下げる。

「そして、今日、両親亡きあと、ただひとりの血のつながりのある家族である弟の武彦が、北海道からわざわざ駆けつけてくれました。武彦――」

事前に全く聞いていなかったのに、急に名前を呼ばれて武彦は戸惑うが、会社の人間が武彦の元に来て「どうぞ、前へ」と声をかけるので、仕方なく壇上の、志津子の隣に立つ。

「年を取ると、家族の大切さが身に沁《し》みます。十歳下の武彦が生まれたとき、両親は年を取ってからの子どもだからと可愛がりましたが、私も弟ができてどれだけうれしかったことか」

兄の言葉に武彦は苦笑しそうになる。芝居じみていると思ったのだ。

「武彦とはある諍《いさか》い事があり、すべて私の若気の至りというか我儘により、つらい思いをさせ、はるか遠い北海道に追いやってしまいました。老いた両親が武彦に会えないと寂しさを口にする度に、自分を責めたものです。ですから、今日、この日に、武彦が駆けつけてくれたことに、私は心の底から感謝して、天国の両親にも深く頭を下げたいのです」

兄は何を言い出すのだと、武彦は戸惑った。ちらりと隣を見ると、志津子も困惑した表情を浮かべている。

「あかねさす紫野《むらさきの》行き標野《しめの》行き野守《のもり》は見ずや君が袖振る――この万葉集の歌を、ご存じの方も多いと思います。美しい歌人、額田王《ぬかたのおおきみ》の歌として残されております」

智彦はまるで酔ったかのように、朗々と歌を口にする。

「紫草《むらさき》のにほへる妹《いも》を憎くあらば人妻ゆゑにわれ恋ひめやも――こちらの歌は、先の額田王の歌の返歌で、詠んだのは大海人皇子《おおあまのみこ》、後の天武《てんむ》天皇です。額田王と大海人皇子は、若い頃、愛し合った恋人同士でした。それを大海人皇子の兄の中大兄皇子、後の天智天皇が、額田王に心を奪われ、ふたりの仲を引き裂き、自分の女にしてしまうのです」

武彦は壇上で、どういう表情をすればいいかわからず、唇をかみしめていた。兄が何を言おうとするのか、予想はつく。しかしどうして、今さら、人前でこんな話をするのか。

「中大兄皇子は後に即位し、近江の国、現在の大津市に都を開きました。ですので、天智天皇の墓は山科にあり、彼を祀る近江神宮も大津にあります。大津に都があった際に、近江の蒲生野《がもうの》――現在の東近江市で、狩りをし、その際の宴で詠まれたのが、先の歌です。つまり、この狩りで、かつての恋人同士であった額田王と大海人皇子が再会し、再会した皇子が手を振り袖が揺れるので、見つかってしまいますよと額田王が諫《いさ》めています。それに大海人皇子が、紫草のように美しいあなたを今でも憎からず思っていますけど、人妻なので私の恋は秘めましょう――と返しています。当時は、年も取っているので、宴の戯言《ざれごと》として昔の恋も余興のうちにしたのでしょう」

武彦が隣を見ると、志津子が少し俯き加減になっている。どこを見たらいいか、わからないのだろう。

「私の妻、志津子は、かつて弟の武彦の恋人でした。それを兄である私が強引に奪ったのです。私は若くて傲慢で、人を傷つけることを恐れておりませんでした。志津子は素晴らしい妻で、私を支え続けてくれて、私にとっても、会社にとっても無くてはならない女です。ですが、還暦を過ぎ、自らの行く末というものを考えずにはいられなくなり、私は弟の恋人を奪ったという自分の罪の深さを改めて考えました」

会場は静まり返っている。古くから会社にいる一部の社員の間では知る者も多い話だが、いきなりこんな話をされても戸惑うのが当然の反応だろう。

「ですから、今回、この会を口実に、武彦に懇願して京都に来てもらいました。武彦に許されないと、私は死んで地獄に行くのではと恐れているのです。武彦――」

そう言って、客に背中を向ける形で、智彦が武彦の前に来た。

「すまなかった――」

智彦は深々と頭を下げた。その間は十秒も無かったはずなのに、ずいぶんと長い時間に感じられた。智彦が頭をゆっくりと戻す。目が潤み、頰がこけ、悲壮感が漂う表情だった。やはり兄はどこか悪いのではないか――そう思わずにはいられなかった。

これは余興なんかじゃない、真剣なのだ――それほどまでに兄は年をとり弱っているのかと武彦は思い、兄の手を取り握った。

「弟の武彦です。私は今、しがないカメラマンですが、北の大地で、自分の好きな仕事をして、妻と子どもと暮らし、幸せです。兄が、会社を継いで両親の面倒を見て最期を看取ってくれたおかげです。兄には感謝しています」

武彦がそう言うと、会場で拍手が起こった。

「ありがとう――武彦――」

武彦の手を離さない智彦は、泣いていた。

兄の涙を見たのは、生まれて初めてだった。


「今日はお疲れさま」

志津子から電話がかかってきたのは、夜の十時を過ぎた頃だった。あのあと、会社の役員たちの挨拶やビンゴゲームなどでつつがなくパーティは終わり、武彦はそのままホテルに戻り、シャワーを浴びて横になっていたところだった。

「まさかあんな展開になるとは思わへんし、どうしたらええか困ったけど、武彦さんが上手く持っていってくれたせいか、助かったわ」

「兄貴は」

「上機嫌になって、お酒を飲みすぎたみたいで、寝てる」

武彦は大勢の前で涙を流す智彦の姿を思い出した。昔の兄なら、考えられないことだ。

「武彦さん、今から出て来られない？　車で迎えに行くから」

志津子はそう言った、どことなく、声が艶《なま》めかしい。

「しぃちゃん……いや、志津子さん、それは」

「昨夜、あなたを誘ったのは、私なりに覚悟を決めてのことやってん。本当は、私こそ秘めていたけど、武彦さんを忘れられなかった。一時期の感情に流されてしまった自分を責めた――。昨日、会って、どうしても抱かれたくて――抱かれたら自分の中で終わらせられると思っててん。でも、違った。やっぱり忘れられへん、もう二度と、後悔したくない。たとえ何もかも失っても――」

武彦は志津子の声を聴きながら、天を仰いだ。

忘れられないのは、俺のほうだ。

昨夜、久しぶりに抱いて、愛おしさで胸が痛んだ。

兄は、わかっていなかった。昔の恋、ではなかったのだ。恋はときを経ても生き続けていたのだ、ふたりの中で、秘められて。

老いて病んだ兄は、弟のことも、妻のことも、見誤っている。

いや、もしかしたら、すべてを承知で、贖罪《しょくざい》のつもりで俺たちを再会させたのか

――。

兄はもしかしたら、もう永くないのではないかと、ふと思った。

どうにでもなってしまえと、武彦はベッドから起き上がる。

もともと、俺の女だ。志津子は、俺のものだ。

「しぃちゃん、会いたい」

武彦はそう口にし、自分の股間が硬くなっているのを手で確かめた。

身体も志津子を欲しがって、熱くなっていた。

「今すぐ行くから、抱いて」

志津子がそう言って、電話が切れた。

萩の寺

吾妹子《わぎもこ》に　恋ひつつあらずは　秋萩の　咲きて散りぬる　花にあらましを

弓削皇子《ゆげのみこ》

小さく白い花をつける楚々《そそ》とした控えめな萩《はぎ》が、昔から好きだった。ひとつひとつなら目立たぬけれど、その寺の境内には視界を覆うほど萩の花が咲き誇っている。観光客の来る場所ではないけれど、京都で一番好きな寺だった。東京を出ることを考えたときに、最初に浮かんだのは萩の寺で、だから京都に来ることを決めた。

*

「あのオジサン、官能書いてるんやって。名前見ても知らんかったけど、いやらしい目で見られた気がしたわ。男性向けのポルノって、女を道具みたいにしか扱えへんから、大嫌い」

悪口を言うなら、せめてもっと当人が離れてからにしろよと、勉《つとむ》は振り返って反論したい衝動を抑えながら書店を出た。

第一、今回、売り込みに来たのは官能小説ではなく、時代小説なのに。

名刺を受け取った女は、案の定自分のペンネーム「沢倉蒼《さわくらそう》」を知らないようだったから、「今までは官能小説を書いたり、ライターをしているんですけど」と言った瞬間、「あ、忙しいので」と、露骨にそっけない態度をとられた。無名のエロ作家の冴えない男なのは間違いないのだからしょうがないとは思いつつも、何がアイドル書店員だと、自分の娘ぐらいの年の女にバカにされ、腹立たしさより情けなさが先に来た。

「沢倉蒼」こと田中《たなか》勉は、五十三歳になった。若い頃に結婚して子どももうけたが、三十歳になり、このままサラリーマンで終わるのは嫌だ、小説家になろうと様々な賞に応募したが軒並み落選した。そんなときに、「官能なら紹介できるから、書いてみたらどうだ」と、学生時代の同人誌仲間で出版社に勤めていた男にすすめられて、人妻が複数の男に犯される小説を書いたら出版に至り、そこそこ売れた。本が売れる時代だったので次々と依頼が来て、印税収入が会社の給与を超えたので専業作家になったが、妻はそれが許せなかったらしい。

「芥川賞とか、テレビでやってるミステリーの原作ならともかく、官能なんて恥ずかしくて人に言えない！　私がモデルだと思われたらどうしてくれるの。子どもの教育にも悪いわ、何考えてんのよ」

最初に官能小説を書いているときと打ち明けたとき、妻に責められたが、反論できなかった。

生活のためだと言いながら、当時は自分自身も官能を描くのが楽しくなっていて、止《や》められなかった。満員電車に乗って通勤するサラリーマン生活よりも、よっぽどいい。

もともと真面目で遊びのない自分が、妄想の世界だけではいろんな女を抱いて、過激なプレイを楽しめる。しかし妻は嫌悪感しかなかったらしく、子どもを連れて別居、一年後には離婚し、慰謝料もたっぷりとられた。

離婚のゴタゴタにはうんざりしたが、解放され自由になると夜の街にも繰り出すようになり、酒を飲み、女とも遊ぶようになって、それなりに楽しくやっていたのだ。

しかしあれから二十年が過ぎ、出版の景気は当時からしたら想像がつかないぐらい傾いた。官能小説のレーベルも減り、電子書籍の仕事もやりはじめたが、昔のようには売れず、ライターとしても活動していた。同業者が顔を合わせても愚痴ばかりで、将来の不安が募った。

五十を超えて、どうせ出版という沈みゆく船から降りられないのなら、好きなことをやってみようと決めた。東京のマンションの家賃も負担になり、小説を書くならどこでもできると、引っ越しをすることにした。

京都に住もうと思ったのは、時代小説、歴史小説を書くためだ。京都は好きだし、何度も不倫旅行ものを書くときの舞台にしたけれど、住まないとわからないこともある。

五十一歳になるのと同時に京都に移り、市内の北東、一乗寺《いちじょうじ》の古い家を借りた。京都は観光客は多いが、一乗寺は繁華街から離れていて、学生も多いから物価もそう高くなく、静かに暮らせる。自転車を買って、運動がてらあちこち行くようにもなった。

叡山《えいざん》電鉄の始発である出町柳《でまちやなぎ》駅付近を通った際に、かつて旅行中にふらっと入った萩が繁る常林寺《じょうりんじ》という寺を見つけ、そこを舞台に書こうと思ったのだ。

常林寺について調べると、幕末に勝海舟《かつかいしゅう》が宿にしており、子母澤寛《しもざわかん》の『勝海舟』という小説に登場することも知った。もともと田中は歴史小説が好きで、なかでも勝海舟が好きだった。新選組や坂本龍馬ほど目立つ存在ではないが、維新の立役者で、飄々としたその生きざまに憧れていた。

それもあり、江戸時代の京都、萩の寺を舞台に、そこで出会った男女の話を書きはじめた。女は町人の後家で、男は商人の成りをしているが、実は江戸幕府から使命を帯びて……という悲恋の話だ。時間はかかったが、推敲を繰り返し書き上げ、知り合いの編集者数人に送った。「時代小説は書き手が多いからねぇ」と読むことさえ渋られることが多かったが、古いつきあいの編集者のひとりが「文庫なら出すよ」と言ってくれて、タイトルは「萩の寺」で出版が決まった。

官能小説の本は何冊も出してきたが、時代小説は初めてで、今の時代、売れないと次がないのは承知しているからこそ、本を売るためにどうしたらいいかと編集者と話した。

「せっかく京都に住んでいるんだからさぁ、京都の書店まわりなよ。京都っていえば、今、あの娘《こ》いるじゃん。大見《おおみ》ランっていう、若い書店員。元地下アイドルでネット番組によく出てて、SNSまめに更新してるから、人気あるんだよね。インスタのフォロワーも多いし、ブックアイドルとか呼ばれてる。あの娘と仲良くなって、彼女がやってるネット配信やSNSで本の紹介してもらったら、宣伝になるよ。アポはこっちがとっとくから」

そう言われて、藁《わら》にも縋《すが》る気持ちで、大見ランの勤める京都市内の書店に行って挨拶をしたら、この始末だ。

大見ランは、実際に見ると、SNSにあげている写真ほど可愛くもなく、普通の若い女だなという印象しかなかったが、大きな目には軽蔑《けいべつ》の色がはっきり見えた。

官能を書いているから、いやらしい目で女を見る……まさか書店員にそんなふうに軽蔑されているなんてと腹は立ったが、そういうもんだよなと、諦めるしかない。妻だって、自分が官能小説を書いているのが許せなくて離婚を言い出したのだ。それが世間の正直な見方だろう。

確かに編集者たちの言うとおり、時代小説の書き手はたくさんいて、自分のような売り込むものもない無名の官能作家の作品なんて、売れる要素がないのだと思い知らされもする。

書店を出て、田中はまだ夏の名残《なごり》の汗を拭きながら歩いた。まっすぐ家に戻りたくはないが、かといって昼間から飲む気にもならない。今酒をくらうと、惨めさに立ち直れなくなりそうだ。

「すいません！」

大きな声が背後から聞こえたので、立ち止まって振り向いた。

女がいた。走ってきたのか、息が荒く身体を上下させている。長い髪の毛を後ろでくり、カーディガンとジーンズの眼鏡をかけた女だ。

「僕、ですか」

「はい。いきなりお声をかけてすいません……さっき、本屋さんで見かけて……私、あそこでバイトしてて……仕事あがるところだったので、タイムカード押して退店して、慌てて追いかけてきました」

女はぜいぜいと息を切らしながら、そう言った。

「とりあえず、落ち着いて」

女の必死な様子に、田中はおかしくなって笑みがこぼれる。女はトートバッグから水筒を取り出し口をつけ、一息ついてから口を開いた。

「あの、沢倉蒼さんですよね」

「はい」

女が自分のペンネームを知っていることに田中は驚いた。

「私、沢倉さんのファンです」

まだ女の息が荒いので、田中は「暑いですし、もし時間がありましたら、お茶しませんか」と声をかけた。

＊

四条烏丸《しじょうからすま》からほど近い、京都芸術センターは、もともとは小学校だった建物をリフォームしたもので、ギャラリーなどがある。その中に、前田珈琲《まえだコーヒー》という、京都では有名な珈琲チェーン店の支店があった。小学校の教室をほぼそのまま使っているので、最初に入ったときは驚いたが、雰囲気が気にいって、何度か足を運んでいる。

その前田珈琲の奥の席に、田中は女と向かい合っていた。

三十代後半から四十代……色気はないが、実際の行為になるとこういう女を豹変させるのに面白みがある……ついつい官能作家の癖で、女を小説の登場人物のように分析してしまう。

化粧は薄く、小さい目だが二重で、厚めの唇をオレンジの口紅で小さめに見せている。アイシャドウは塗っていないが、チークはつけている。身体は太っているほどではないが肉付はよく、抱き心地がいいかもしれない——いかんいかんと自分を戒める。こんなだから、さきほどアイドル書店員に「いやらしい」と言われてしまったのだ。

「私、葉月沙苗《はづきさなえ》と言います。大学生のときからずっと、沢倉さんの小説のファンで……」

そう言いながら、沙苗と名乗った女は俯く。どうやら緊張しているらしい。

「ファンて、僕の小説は……」

「官能小説が昔から好きで……自分でも変やって思ってたから、友達にも言わへんかったけど……沢倉さんの小説は、いやらしいだけやなくて、すごく切なくて、何度も泣いてしまって……。沢倉さんが京都にお住まいなのは、『萩の寺』のプロフィールに『京都在住』とあって知りました」

「読んでくれたんだ、『萩の寺』」

思わず田中の表情もゆるむ。

「発売日に買って読みました。すごくよかった。最後の別れの場面で、涙が止まらへんかった。そしたら、さっき大見さんと話しているのを見かけて……沢倉さんの写真は、WEBのインタビューで見たことがあるので、すぐにわかりました」

そういえば、一度だけ、週刊誌のWEBサイトのアダルトコーナーで、知り合いに頼まれてインタビューを受けたことがあったことを思い出す。

「ありがとう。思いがけないことで、すごくうれしい。ずっと官能ばかりやってきたから、こうして読者の人と会うなんてこともなかったしね。やっと時代小説を出せたけれど、無名だし、売れ行きも厳しくて、売り込みにいったんだけど……あのざまで」

田中は、自分を軽蔑した表情を隠さない、あの大見の顔を思い出した。

「大見さんは……自分が作家さんと仲良くしたい人だから」

沙苗の言葉に、彼女は大見ランが好きではないのだろうと気づいた。

「大見さんは発信力を持ってるし、若くて可愛らしくて人気があるから、出版社の営業の人も大見さんに気にいってもらおうと必死です。彼女は最近では、SNSが忙しいからって、本も読まずに仲良しの作家の本だけ宣伝したりするぐらいで……本が売れない時代だから、しょうがないのかもしれないけれど……」

沙苗の言葉に田中は深く頷《うなず》く。

「大切なのは作家そのものよりも、本の内容だよね。いや、もちろん、自分の本がそれだけのものを伴っているとは思わないけど」

「そんなことないです。沢倉さんの小説は、面白いです」

沙苗が強く言葉を発する。

「あの、私が、頑張って売ります」

沙苗は顔をあげて、そう言った。

「え」

「私、バイトだけど、沢倉さんの小説好きだから、いろんな人にすすめます」

さきほどのおどおどした様子からは想像もつかぬほど、沙苗は力強く断言した。

＊

「……いい……」

「上になるのが、感じるの？」

「うん……気持ちいいところに当たる……」

沙苗は田中の上に乗ったまま、身体を動かさず、目を閉じて唇を噛みしめている。じっとした状態で、男のものを受け入れたまま下半身に力を入れることにより、ゆるやかだけど確かな悦《よろこ》びが全身を貫くらしい。

「自分が気持ちよくなるように、好きにすればいい。沙苗が悦んでる姿を見ると、俺も嬉しい」

そう言いながら、田中は軽く腰を突き上げると、「ああっ！」と沙苗が声をあげる。

最初に寝たときから、感じやすい女だと思っていたが、こうして身体を重ねるごとに、沙苗は自分自身の快感のスイッチを見つけて、どんどん深みにはまっているようだ——。

自分の上で身体を震わす沙苗を、田中は見上げた。乳房は少し垂れ気味だが、脱がすと想像以上に大きく柔らかかった。腰や腹には少しばかり肉はついているが、三十九歳という年齢相応だろう。細すぎる女は、骨が当たって痛いときがあるから、これぐらいがちょうどいい。

眼鏡をとって、普段束ねていた髪の毛をといた沙苗は、地味な書店員から、艶《なま》めかしい人妻となる。長いつきあいの末に一緒になった五歳上の夫との間には子どもはなく、セックスも十年ほどないという。

「お互い、したいと思わへんようになったんやから不満はあらへん。私は沢倉さんの官能小説で……ひとりでしてた」

そう打ち明けてくれたのは、最初にセックスしたあとだった。

「沢倉さんの本を売ります」。そう宣言した沙苗は、手書きのポップやフリーペーパーを作り、書店に置いてくれただけではなく、本を自腹で購入して、京都の様々な媒体に送ってくれた。また沙苗の高校の同級生が記者をしているという地元の新聞でもとりあげてもらいインタビューもされた。

それがきっかけで『萩の寺』は、少しばかり動き出した。重版がかかるほどではないが、「悪くない」と編集者にも言われ、次回作の依頼も受けた。

すべて沙苗のおかげだった。御礼にと、食事に誘ったときに下心が無かったといえば嘘になる。京都に来てから、好奇心で風俗には行ったけれど、女っ気はなかった。五十を過ぎてから性欲は衰えているのを自覚していたから、困ってもいなかった。

けれど自分のために懸命に動いてくれる沙苗を見て、感謝の念と共に、魅力を感じてもいた。

食事して、ワインを飲んで、ふたりともいい感じに酔った。

「子どもの頃から、人と遊ぶよりも本を読むほうが好きだったんです。性に対する好奇心は強いけれど、自分に自信がなくて、初体験も遅くて……でも実際にするよりも、官能小説のほうが興奮してた」

店を出て、そんな話をするときには、もう沙苗の目は潤んでいた。

「今は、電子書籍もあるから、女が官能小説を読むなんて珍しくもないとは思うんですが、私は誰にも言えへんかった。人にすすめることもできひん。でも、『萩の寺』なら、たくさんの人に宣伝できてうれしい」

タクシーに乗って、ラブホテルのある神宮道《じんぐうみち》へと運転手に告げたのは、田中のほうだった。歩いている際に、どちらからともなく手を握り合っていた。

ホテルに入ると、シャワーを浴びようと口にする隙もなく、まるで磁石のように引かれ合い唇を合わせた。沙苗の舌は、さきほどデザートで食べた柚子のブラン・マンジェの味が残っている気がした。

ベッドに横たわると、沙苗が両手を伸ばし、田中を抱きかかえるようにして引き起こす。

「ほんとうは、ずっと、沢倉さんとしたかってん――」

その言葉が嬉しくて、田中は沙苗の首筋に顔を埋め、匂いを吸い込んだ。甘い汗の匂いが、田中を発情させる。

田中は沙苗の服を気ぜわしく脱がす。余裕などない。一刻も早く沙苗を自分のものにしたい。つながりたくてたまらなかった。もう自分はすっかり枯れたと思っていたのに、裸になり、漆黒の繁みを晒《さら》した柔らかそうな身体を目の前にすると、股間に血液が集中するのがわかった。

セックスそのものは、京都に来てからは隣県のソープで三回だけした。風俗に金を使うのもめんどくさくなって足が遠のいていたので、一年ぶりだ。ただひとつ、心配なのは、勃起できるかどうかだった。念のためにと、性豪で知られる友人の官能作家からもらった勃起薬は持っていたが、飲んではいない。

けれど、さきほど店を出てふたりで歩いていたときから股間は疼《うず》いていた。自分は「枯れた」わけではなく、たんに好きな女がいないからそう思い込んでいただけなのだと気づいた。

「見たい、見せて」

田中がそう言って、仰向けになった沙苗の両脚を開こうとするが、沙苗は「恥ずかしい……電気消して」と言いながら、力をゆるめない。

「もう、おばさんやし、手入れもちゃんとしてへんもん。沢倉さん、たくさん、きれいで若い女の人とつきあってきたんやろ。そやから恥ずかしいねん」

「官能作家は、体験を書くんじゃないんだよ。妄想を書くんだ。そんなモテる男じゃないからね。俺が見たいのは、沙苗のおま○こだ」

女性器の名称を口にすると、沙苗の首筋が赤く染まる。言葉で興奮するタイプなのだと思うと、気持ちが沸き立った。自分の男性としての機能には自信がないが、淫語なぶりなら、小説の中で散々してきた。

「おま○こ、見せて」

もう一度、そう口にすると、観念したのか沙苗の脚の力がゆるまる。一気に田中が押し開くと、沙苗の言うとおり、処理されてない黒い繁みの狭間に、すでにぱっくりと開いた花弁があった。ふっくらとした左右対称の花びらで、色素は年齢相応に沈着しているが、それがまたいやらしい。

「いやらしいな。もう、沙苗のが震えながら俺を待ってる。中からは白い蜜が溢《あふ》れそうだ――いつからこんなになってた?」

「……あかん……恥ずかしい……」

「今でも、俺の本で自分でしたりするのか?」

沙苗は手で顔を隠しながら、頷いた。

「早く舐《な》めてって、ここが――」

そう言いながら、田中は右手の人差し指と中指を裂け目に押し込む。

「あぁっ!」

沙苗が腰を浮かせながら、叫んだ。

「沙苗の中、あったかい。指にからみつく」

本当だった。もう十分にその部分は潤い、襞《ひだ》が指にまとわりついてくる。

田中は入れた指で襞の天井を押すようにしながら、顔を近づけ先端でふるふると震える真珠粒を唇ではさむ。

「いやぁっ!!」

沙苗が声をあげた瞬間、田中の顎と指に生温かい液体がかかる。味はしない。潮だ。ちょうど指でふれた部分が、沙苗の身体のスイッチだったらしい。

「潮、吹いた」

田中がそう言うと、沙苗が顔をあげ、「え、何？　嘘」と、驚いた顔を見せる。

「潮吹くの、初めて？」

「え……嘘……今までそんなんしたことないのに」

「たくさん出たよ、シーツがもうぐっしょりで、感じてくれてうれしい」

「いや……」

羞恥《しゅうち》のあまりか、沙苗は顔を隠しながらも、どろりと白い液体を溢れさせている。

田中の肉の棒はもう十分に張りつめていた。もっと沙苗を可愛がってやりたいが、萎える前に挿入したかった。

「俺、もう、我慢できない。沙苗の中に入っていい？　あとでたっぷりまた舐めてあげるから」

「……来て……私も……もう、たまらん……」

沙苗の首筋から耳にかけて、紅に染まっている。女はどんなに化粧をしても着飾っても、感じている瞬間の顔の美しさに勝るものはない。

田中は身体をずらし、沙苗の股の付け根に、肉の棒をあてた。

「あ、入っちゃう」

驚いた。添えただけなのに、沙苗の中に吸い込まれてしまう。お互いの身体が、つながりたくてどうしようもなくなっていたのだ。十分に心も身体も潤っていて、ずぶりとすぐに奥までたどり着く。

「ぁあ……」

顎をそらし声をあげる沙苗が愛おしくて、田中は沙苗に覆いかぶさり、唇を重ねると、舌がからみついてきた。

沙苗の両腕が田中の背中をまわり、引き寄せるように力が入り、ふたりの身体がどこもかしこも密着する。

いやらしい女だと、田中は思った。重なったときに、自分からこうして男を引き寄せようとする女は、男をセックスで愛することができる女だ。女は巧みに男を愛するふりができるけれど、セックスの際の無意識の仕草で、その嘘がバレてしまうことがあるのは知っている。

セックスは人の嘘を暴く。だから面白いと、自分は官能小説を書き続けてきた。しかし、年をとり、もう女を愛することも忘れた気になっていたところ、沙苗という女に出会い、自分がまだこんなに強くセックスを求めているのだというのを知った。

沙苗は、自分の書いた官能小説でずっと自慰をしていたという。会わずとも、そうして言葉でつながり続けていたせいで、初めて寝る女なのに、こんなに引き寄せ合うのだろうか。

腰を動かすごとに、沙苗の声が大きくなっていた。自宅に招くことも考えないわけではなかったけれど、ホテルでよかった。

沙苗の襞が、潤いを保ちながら、からみついてくる。やっぱり好きな女とするセックスは気持ちいい——久しぶりにその感覚を思い出した。

「ダメだ——良すぎて、出そうだ」

我ながら早すぎると思ったが、久しぶりだからだろうか。もう今にも噴出しそうに高まっている。

「――中に出していいから」

沙苗が小さく、そうつぶやいた。部屋に入ってすぐ重なり合って、避妊具の存在も忘れていた。

「ピル飲んでるから、大丈夫」

もう一度、沙苗がそう口にする。

「ああ、もう――出る――ぁあっ！」

田中は沙苗の奥を突き刺すように腰を激しく動かした。

＊

「吾妹子《わぎもこ》に　恋ひつつあらずは　秋萩の　咲きて散りぬる　花にあらましを」

田中がそう口にすると、沙苗は、「それ、『萩の寺』に出てきましたね」と言った。

「万葉集の歌でね――」

そこで田中は言葉を止める。

ふたりは萩の寺、常林寺にいた。京阪電車の出町柳駅からすぐで、境内は今、萩の花が咲き誇っている。京都に住んでいるのに、『萩の寺』を読むまで、ここを知らなかったと沙苗が言うので、ふたりで訪れたのだ。ちょうど、九月の萩の季節で、白い小さな花が満開だ。

沙苗と知り合ってから半年が過ぎていた。

萩の花を前にして、田中はつい万葉集の秋萩の歌を口にしたのだが、実らぬ恋のつらさを詠んだこの歌の意味を口にする気にはなれなかった。

『萩の寺』は、関西の人気落語家がラジオで絶賛したことから、火がついた。増刷がかかり、映画化の話も舞い込んで、今まで全く縁がなかった文芸誌の連載も決まった。京都の書店に行くと、目立つところに表紙を見せて陳列されている。編集者と一緒に書店に挨拶に行きサイン本を作ると、どこでも歓迎してくれた。

沙苗との関係も深まっていった。週に一度、ふたりは会うようになり、何度もセックスした。

けれど沙苗は、田中の自宅には来ようとせず、泊まることもしなかった。

「私に関心がないと思ってたんやけど……最近、楽しそうやなって、夫が言うてくるねん」

そう言われると、現実に戻ってしまう。沙苗は人妻なのだ。

最初からわかっていたはずなのに、肌を重ね合うごとに、想いが募る。けれど、無茶なことを言って引き留めるのは、必死で我慢していた。

「きれいやなぁ、萩。出町柳には何度も来てるのに、知らんかったわ」

観光客で溢れる京都だが、この寺にはふたりだけしかいない。田中はスマホを取り出して、萩の花の中で立つ沙苗の写真を撮る。

明日から夫の実家に行かねばならなくて準備があるから、遅くなれないとは事前に聞いていた。だから珍しく、こうして会うだけだ。

セックスは長くしていないとは聞いていたけれど、やはり夫婦なのだ。

どこかで、気持ちを断ち切らなければいけない——そう思いながらも、萩の中にたたずむ沙苗から目が離せない。

＊

「沢倉先生と飲めるなんて、光栄です」

祇園《ぎおん》のイタリアンの店で、田中は大見ランと向き合っていた。今日は髪の毛を結い上げ、白いワンピースから細い二の腕をむき出しにしている。

『萩の寺』が売れたあとで、改めて書店訪問をしたときに、大見のほうから近づいてきた。ちょうどその日は、沙苗は非番であるとは知っていた。萩の寺にふたりで行ってから一ヵ月、一度だけ沙苗と会いはしたが、田中は自分の募る想いに煩悶《はんもん》していた。わざと沙苗のいない日に書店に行ったのは、心のどこかで距離を置くことも考えていたからだ。

大見は最初に自分が来たときの、あの軽蔑した様子を忘れているのか、それとも、人気書店員である自分が近づいたら喜ばない作家はいないだろうと、露骨に手のひらを返した態度も許されると思っているのか、媚《こび》を含んだ目で自分を見ている。

「『萩の寺』、感動しました！　私、時代小説ってあんまり読まないけど、身近な京都の話だし、さくさく読めました！」と言われて、書店員が時代小説あんまり読まないなんて口にするかと思いながら苦笑した。

その夜に、早速大見から〈沢倉先生の次回作も楽しみです。今度、うちでトークショーとサイン会やりませんか？　私が企画します！　あと、私のネット配信に出てください！　沢倉先生の本を売るために、改めてゆっくりお話ししたいな。お酒飲みながら〉とメールが来た。そのときは、なんだこの女はと呆れていたはずだが

――あれから一週間経ち、こうして大見と一緒に食事をしている。

デザートを食べ終え店を出ると、案の定、大見が身体を寄せてきた。

「先生……私、今、彼氏いないんです」

「へぇ、大見さんなんて、モテるだろうし。人気者じゃないですか」

「友達は多いけれど、私って結構さばさばしてるし、女の子の友達ばかりだし、男の人には女として見られないのが悩みなんです。それに若い男の子には興味がないもん。自分を導いてくれる年上の人が好き……」

「俺は、パッとしないおじさんだよ」

田中がそう口にすると、大見はぷぅと唇を尖らせ頰《ほお》をふくらませた。

「子どもじゃないとこ、見せてあげます」

ヒールを履いている大見が顔を少しあげ、どちらからともなくキスをした。

「あそこに、ホテルあるから」そう言って、大見が田中の腕に自分の腕を絡ませてきたが、抵抗しなかった。最初からそのつもりだったのは、自分のほうだ。

「用事思い出しちゃった。先に帰るね、タクシー代ちょうだい」

当たり前のように、大見がそう口にしたので、田中は財布の中から二千円取り出して渡す。一緒にホテルを出るのが気まずいのだろう。それはこちらとて同じだ。

素早くシャワーを浴び、髪の毛を整えると、さっさと服を着て大見は部屋を出ていった。三時間のご休憩プランだったが、まだ一時間半以上残っている。

大見とのセックスは、最悪だった。何もかもかみ合わないし、「若くて可愛らしい自分が、おじさんにセックスを『やらせてあげる』」という態度がにじみ出ているせいか、田中のものはピクリともしなかった。

やはりセックスは正直だ。大見の傲慢さが裸になると溢れ出るし、自分だとて、所詮、沙苗の代わりに他の女と寝ようとしていたのが、どこか伝わってしまったのかもしれない。勃起しない田中に、きっとプライドを傷つけられたのであろう大見は、こちらの目を見ようともせず帰っていった。

年をとったからこそ、好きでもない女とのセックスには無理があるのだと気づく。食事していたときも、大見は、いかに自分が有名作家たちと仲がいいかとか、著名な書評家たちに売り込んであげるからという話ばかりして、その自慢話からは、本の内容などは関心ないとしか思えなかった。沙苗と話しているときは、本の話、小説の話で盛り上がれたのに。

俺はいい作品を作り、その本を多くの人に知ってもらいたいだけなんだと言いたい気持ちを抑えていた。それでも若い大見を目の前にして、抱けるつもりでいたのに。

「やっぱり、替わりはいないんだな」

ホテルのベッドで仰向けになり、田中はそう呟く。

「吾妹子に　恋ひつつあらずは　秋萩の　咲きて散りぬる　花にあらましを」

万葉集の秋萩の歌が、口に出る。

愛しい女に恋焦がれて、実らぬ恋だから、もういっそ、秋萩のように散ってしまいたい——。

散るつもりだったのだ、自分は。だから大見と会ってホテルに行った。

けれど、それで沙苗への想いの強さを思い知るはめになった。

＊

『萩の寺』発売から一年が過ぎた。

二冊目の時代小説も売れ行きは悪くなく、出版社からの依頼も絶えない。本が売れない不況の時代に、恵まれたことだと思う。京都に越してきてから、貯金を切り崩す日々だったが、少しばかり生活に余裕も生まれた。

大見とホテルに行ったあと、沙苗に連絡すると、「義母の具合が悪くて、夫の実家の徳島にちょくちょく行くことになりそうで、書店のバイトも辞めます。お会いするのが難しくなりました」と返事が来た。

沙苗は潮時だと考えているのかもしれないと思うと、田中はしつこく会いたいと迫るのを堪えた。自分のほうとて大見と寝て、沙苗と距離をとるつもりだったのに、胸が痛む。

寂しかったし、沙苗以外の女を抱く気にはなれなかった田中を救ってくれたのは、仕事だった。片っ端から仕事を受けて、書きまくった。しかし、こうして仕事が増えたのも、沙苗のおかげなのだと、一日たりとも忘れることはなかった。

「映画化もされることですし、『萩の寺』続編を書きませんか」

打ち合わせに京都まで来た編集者に、そう言われた。

「でも、あれはもう完結してるし」

「登場人物は新たにして、時代を変えてもいいんですよ。同じ寺を舞台にして書くっていうのは、どうですか。僕は沢倉先生、現代の京都が舞台の大人の男女の恋愛でもいいと思うんですよ」

現代が舞台というのは、考えていなかったが、ずっと今まで官能小説でそれをやってきたのだし、挑戦するのはいいかもしれないと承諾した。

そうして、久しぶりに常林寺を訪れたのだ。沙苗とふたりでここに来てから、もう半年以上が経っている。境内の庭そのものが閑散としている。

大見とホテルに行ってからは、誰とも寝ていない。沙苗と距離が出来てから、また以前のように、女に対する興味も薄れてしまった。

花のない萩の寺を見渡しながら、今度こそ本当に自分は枯れてしまったのかと、心の中で問いかける。

見るものはないので戻ろうと門をくぐると、「沢倉先生」と呼び止められ、振り向いた。

沙苗がいた。

避けて、もうこのまま別れるつもりで諦めかけていたのに。

「お久しぶりです」

沙苗が頭を下げる。髪の毛を切ったのか、肩のところで切りそろえてあり、若返った気がする。

「旦那さんのお義母さんは、大丈夫ですか」

「……私、沢倉先生に謝らなあかん」

沙苗がそう言って俯いたままなので、「どこかお茶でも」と声をかける。

「人のいないところがいいので、沢倉先生の家に伺っていいですか。行きたいんです」と言われ、戸惑う暇もなく、頷いた。

今までは、誘っても部屋にだけは来なかったのに。

＊

沙苗の腰を抱きながら、「少し痩《や》せた？」と聞くと、「ダイエットしたんや。あんまり見栄えが変わらへんけど」と返された。

裸になったふたりは、田中の家の寝室で、立ったまま抱き合っている。まだ昼間なので、外は明るいのに、部屋に入った瞬間、唇を合わせ、一刻も早く肌を重ねたいと服を脱いで抱き合っている。

「義母が具合悪くて……というのは、嘘。でも、書店のバイトを辞めたのは、本当です」

田中の家に行くために出町柳駅から乗った叡山電鉄の中で、沙苗はそう言った。

「なんでそんな嘘を」

「先生への気持ちを断ち切るためやった。先生、大見さんとホテルに行きましたよね」

沙苗の言葉に、田中は目を伏せる。

「……否定も肯定もせんでいいです。大見さんが休憩室で、同僚に話してるの、私、聞いてしまいました。『セックスは悪くないけど、遊び相手にしかならないかな。それにしても、おじさん作家って、ちょろいよね。すぐ口説いてくるんだもん』なんて……」

違うと反論するべきか迷った。大見とはセックスはしていない。勃たなかったのだ。沙苗以外の女には、もう反応はしない——と。

「私、ショックで……でも私が先生に何か言える立場やない。そやけど大見さんと一緒に働くのも、先生の本を見るのも耐えられなくて、辞めたんです」

「すまない」

と、とりあえずそれだけ口にした。

「先生への気持ちを断ち切ろうと思って……でも、できひんかった。二冊目も、すぐに購入して読みました。私、やっぱり沢倉先生のファンなんです。陰ながら応援していくつもりでした。なのに、何度か、私、萩の寺に来てしまった。思い出の場所やから。そしたら先生が」

「俺もだよ」

　この女とは、別れられないのだと、思い知る。切ろうとしても、切れない縁がある。だからきっと、再び会ってしまったのだ。

「夫とは、別れます。今すぐはできひんし、時間はかかるやろうけど……」

　その言葉を喜んで信じられるほどに、田中は若くはなかった。たとえ子どもがいなくても、離婚というのはたやすいことではない。当人同士ではなく、周りを巻き込んでしまう。それは自分も経験しているから承知している。

　けれど、それでも沙苗を抱きたくてしょうがなかった。

「大見とは、してないから」

　裸で抱き合い、唇を離したあと、そう言った。

「勃たなかったんだ。ホテルに行ったのは、沙苗への気持ちを断ち切るためだった。でも、彼女を抱けなくて、俺がしたいのは沙苗だけだと思い知った」

「でも、大見さんが」

「嘘だよ。俺を信じてくれ」

そう言いながら、沙苗をベッドに横たわらせる。

白く柔らかな身体――沙苗がいつも言うとおり、若くもない、普通の女かもしれないけれど、自分にとっては特別な女なのだ。

「好きだ」

田中はそう言って、沙苗の乳房をそっと手のひらで包み込むようにふれながら、首筋に顔を埋める。

「私も、好き……沢倉先生……ううん、勉さんが」

沙苗は自分から、ゆっくりと脚を開いた。

付け根の花びらの奥からは、もうすでに白い蜜が溢れていた。この女はやはり自分を求めてくれるのだと思うと、しばらく反応せずにいた股間に血が溢れているのを感じる。

田中は身体をずらし、沙苗の秘花を、じっと見つめる。

「万葉集には、萩の花の歌がたくさんあるけど……性的な象徴だったたって、知ってた？」

「え、知らない」

沙苗が顔だけ起こす。田中は両手で沙苗のその部分を、ぐっと押し開く。

「萩の花は、女性器に似ている……確かに、そうだ」

「やっ……」

押し広げた沙苗の萩の花に似た部分の匂いを嗅ぐように、顔を近づける。

「和歌の中で、萩の花は鹿と組み合わされることが多いけど、鹿の角は男性器を表しているとも言われて、結局、歌われているのはセックスだ」

田中は花に顔を埋め、舌を動かす。

「あぁっ！　いいっ！」

沙苗の腰が浮いた。

古来から、美しい言葉を歌にのせて、セックスが詠まれてきたのは、それが人にとって切実に必要なものだったからだ。セックスがしたい、抱き合って愛おしく思う気持ちがあるのは幸せなことなのだ。

たとえその女が、人の妻でも――。

けれど、セックスがこんなにいいのは、沙苗が自分の小説のファンだからではないか。非日常の小説という世界を通じているから、結ばれたのだ。それが、家族という日常になってしまうと、失われる気がしてならない。

「我慢できひん……欲しくてたまらん……ずっと、勉さんとしたかった」

沙苗がそう訴えるので、田中は身体を起こし、唇についた沙苗の白い蜜をぬぐい、両脚の狭間に身体を入れた。

「もしかして、会ってないときも、俺の小説で、自分でしてた？」

そう問うと、すでに首筋と耳を赤く染めていた沙苗が、目をつぶり唇を噛む。

「……してた。だから、もう、こんなになって——」

沙苗の言葉が終わる前に、田中は萩の花を散らせようと、十分にぬめった花弁をかき分け、肉の棒を突き立てた。

君が若さよ

いかばかり　淋しきわれに　思はれて　君が「若さ」よ　慰まざらん

岡本かの子

白く、滑らかな、美しい尻をしていた。

吹き出物などなく、つるりとした尻は、ふれると硬い。

夏乃《なつの》は男と抱き合うたびに、背中にまわした手をおろし、尻にふれ、男の若さを確かめる。それは、自分の老いを思い知らされることだとわかっているのに。

もし、この男が自分と同じような年、あるいは年上だったとしたら、好きになってはいなかっただろう。若い男だから、その肉体と心に惹《ひ》かれてしまい、後戻りできなくなっているのだ。

男は若い女が好きで当たり前――世間ではそのように言われるが、女だとて若い男が好きな者は、たくさんいる。けれどまさか自分がそうなるとは、この男に会うまで知らなかった。

「お母さん、これ何？」

不思議そうな顔で、娘の葉奈《はな》が椀を手にする。

「それは、ゆり根。ゆり根のあんかけ」

「へぇ、初めて食べた。美味しいけど、不思議な食感やわ」

葉奈はそう言って、箸《はし》をすすめる。

二ヵ月に一度ほど、夏乃は娘の葉奈と、こうして食事を共にしていた。葉奈は今年で二十一歳になる夏乃の娘で、京都市内の大学に通っている。

京都の長岡京《ながおかきょう》市で生まれ育った夏乃は、市内の短大を卒業して事務員の仕事をしていたが、二十五歳で職場の上司の紹介で知り合った十歳上の男と結婚した。それまでは、学生時代に同い年の大学生の男と一年ほどつきあったぐらいで、たいして恋愛経験もなかったし、これからも劇的なことはないだろうと思っていた。見合い相手の男の第一印象は「優しそうな人」で、この人となら一緒に暮らせるのではないかと思ったのと、相手が夏乃を強く気にいってくれたので、とんとん拍子で結婚が決まった。

二十七歳で、葉奈が生まれた。子どもの存在は愛《いと》おしくてたまらなかった。仕事は妊娠して辞めていたし、しばらくは育児に追われる日々だった。

だから夫の心が外に向いているのに、気づかなかったのだ。いや、最初から夫は自分に関心がなかったのかもしれない。

夫に女の影があるのを知っても、しばらくは見て見ぬふりをしていた。子育てで精一杯だったし、葉奈が幼稚園に通う頃になると、叔母が営む喫茶店で手伝いをしないかと乞われ、平日のランチタイムだけ働くようになった。もともと働くことは好きだし、やってみると楽しかった。

夫に離婚を切り出されたのは、葉奈が中学を卒業する目前だった。

「好きな人がいる。もう長いつきあいで、これ以上、待たせてはおけない。葉奈のことを考えると、このままでいいかと思っていたけれど、彼女が去年、大きな病気をして、死ぬときは、お互い本当に好きな人のそばにいるべきだと思った」

そう、言われた。

女がいるのは知っていたけれど、そこまで真剣なつきあいだとは思いもよらなかった自分は、夫婦という関係に安心しきっていたのだと初めて気づいた。

夫は早々に弁護士を立て、慰謝料と養育費の具体的な金額も提示してくるので、夏乃は腹が立ったり悲しんだりという暇も与えられなかった。

相手の女性は夫より五つ上で、夫の幼馴染《おさなな　じみ》の姉だった人で、スナックを経営しているという。社会人になり再会したあとは、相談相手に過ぎなかったが、葉奈が生まれたあとで、離婚した彼女と飲む機会がふえ、関係ができたのだと聞いた。

夫が浮気していたことより、夫の浮気相手が、自分より十歳上の夫よりもさらに年上だという事実に動揺した。五十半ばの女が、男を離婚させるほどに魅力を携えているのだと思うと、混乱した。若い女ならば、しょうがないと納得できたかもしれないが、初老の女のために慰謝料や養育費を背負おうとしている夫に、抵抗する言葉を持たなかった。

離婚して、夏乃は実家のある長岡京市に部屋を借り、そこで葉奈と住みはじめた。仕事先の喫茶店も近く、そのほうが便利だった。

離婚話をした際に、一番心配なのは葉奈のことだったが、今どき友人でも離婚家庭は多いのと、薄々両親のすれ違いを感じていたのか、冷静ではあった。ただ、「別れても仲良くしてね」とだけ、言われた。葉奈からすると、自分の両親が憎しみ合い揉めるのが何よりも嫌らしい。そう思うと、憎み合う前にあっさりと別れて正解だった。金銭的なことを最初にきちんとしてくれたのも大きかった。

ちょうどその頃、叔母も身体の具合を悪くして、夏乃に店を譲りたいという話を切り出された。叔母は独身で、子どもの頃から夏乃を可愛がってくれた。自分の店を持つのはいいかもしれないと、夏乃は叔母から喫茶店を譲り受けた。

夏乃が経営者になってから、新しく入ってきた若い料理人のアイデアで料理のメニューを増やすと、好評だった。「昭和レトロ喫茶」というテーマの雑誌の特集取材を受けると、絶え間なく客が訪れるようになった。

バイトの娘《こ》に言わせると、「今、昭和レトロ喫茶ブームなんですよ」ということだった。ただ古い、叔母が趣味で購入した家具などをそのまま使っているだけのつもりだったが、それが女性たちに受けるらしい。

バイトの若い娘や、料理人からのアイデアを募り、季節感のあるメニューを打ち出し、ホームページを作りSNSを使うと、さらに客も増えた。そうなると夏乃も仕事が楽しくなって、離婚して特に「寂しい」と思う暇もなかったし、これだけ自由にできるのだから別れてよかったと夫に感謝もした。

葉奈は大学入学を機に、家を出て京都市内で友人たちと暮らしはじめた。なんでもシェアハウスといって、一軒の家に何人かで住むので安く生活できるということだった。最初の頃は、ちょくちょく家に泊まりに来ていたが、だんだんとバイトやサークル活動が忙しくなり、月に一度だけ食事をするようになったが、それぐらいの距離感がちょうどいいかもしれないと夏乃は思っていた。

サークルは合唱団で、定期演奏会なども開き、練習にも熱が籠《こも》っているようだ。

「彼氏や彼女を見つけるためのサークルとは違うんよ。もちろんカップルはいるけど、みんなすごく練習して、唄ったときに声がひとつになると感動する」

葉奈はそう言っていた。化粧もあまりせず、どちらかというと子どもっぽい葉奈には、男の影も無さそうだった。

坂本加津哉《さかもとかつや》を紹介されたのは、二年前だ。加津哉は、葉奈の合唱団のOBで、今はフリーランスでカメラマンをして、ときどき合唱団にも指導に訪れると聞いた。葉奈と合唱団の中の数人で、長岡京のホールにて開催された演奏会を見た帰りに、夏乃の店に立ち寄ったのだ。

そのときは、正直、加津哉が強く印象に残ったわけではなかったが、「もしお店の写真をHP用に撮る機会などありましたら」と、名刺を渡された。HPを新しくしようとは思っていたので、ちょうど良いとあとで連絡したときも、一切、娘の先輩として以外の関心はなかった。

それなのに――。

「お母さん、そろそろ私、就職のこととかも考えないとあかんよね」

コースの最後に出てきた柚子のアイスを前に、葉奈がそう言って、夏乃は我に返る。

「そうね、でも好きにしたらええんよ。何かやりたいことがあれば」

「特にあらへん。何の才能もないし」

「まだ若いんやから、ぼちぼちでええよ。お母さんやって、まさか自分が経営者になるなんて若い頃は思ってもみぃひんかった」

「お母さん、主婦してるときより、今のほうが楽しいやろ」

　葉奈の問いに、ドキリとした。

「なんでそう思うん？」

「綺麗になったもん」

　だから離婚してよかったのよと思ったが、娘の手前、夏乃は口にしなかった。

　加津哉の上になるとき、しばし夏乃は嫉妬のような感情を抱いた。

　服を脱がすと、思った以上に胸板が厚く、何より肌が艶《つや》やかだ。

　見ないでね、恥ずかしいから——そう言って、最初の頃は電気を消して、下から張りの無い乳房やたるんだ顎が見えてしまう体位も避けていたのだが、身体を重ねるうちにどうでもよくなってしまった。

　もともとやせ型ではなかったせいで、老いの速度は遅いが、肌のたるみと、下腹部の肉は隠せない。

四十八歳の自分が、二十も下の男の前で裸を晒《さら》すのは平気ではない。

「夏乃さん、キスして」

加津哉がそう口にするので、粘膜を繋がらせたまま、夏乃は仰向けになっている男の唇を吸い、舌を入れる。煙草を吸わない加津哉の口の中が、いつも薄荷《はっか》の味がするのは、タブレットでも口にしているのだろう。折り重なり唇を合わせたまま、夏乃は腰を上下に動かす。夏乃の身体の中で張りつめている加津哉の肉の棒は揺るぎもしない硬さを保ち続けている。

加津哉の両手が夏乃の背中に伸びてきて、抱き寄せる形になる。乳房が加津哉の胸に当たった。

加津哉が身体を起こし、繋がったままふたりは座った形で身体を合わせる。ゆらゆらとゆりかごのように揺れながら、唇を吸い合う。激しい摩擦ではないけれど、重なり合った粘膜から全身に酔いのような快感が広がる。

もう汗と摩擦で化粧もとれているはずだ。シミも皺《しわ》もくすんだ肌も、こんな近くにいるのだからすべて見えてしまっている。けれど、それでもこうして自分を求めてくれる加津哉が、愛おしかった。

店のHPの写真撮影を加津哉に依頼して、打ち合わせをした。そこで彼が北海道から京都の大学に来て、最初は雑誌の編集仕事をしていたけれど、写真を習い、三年前に独立したのだと聞いた。

「写真なんて誰が撮っても同じだという人はいるし、この世界、カメラマンなんてたくさんいるから、これからどうして生き残っていくかっていうのはいつも考えてますよ」と言う彼は、「経営者の話を聞きたい」と、夏乃に意見を求めて、そのたびに感心しているそぶりも見せた。

HPが完成してから、もう会う機会はないと思っていたのだが、加津哉が店に来て、「夏乃さんの写真を撮らせてください」と頼まれた。夏乃は、自分は地味で魅力もない中年女に過ぎないからと言って、いったん断ったが、「若くてもともと綺麗な娘撮っても、つまんないでしょ」と返され、苦笑しながらつい引き受けてしまった。

長岡天満宮でカメラの前に夏乃は立った。店の取材で雑誌のカメラマンに何度か写真は撮られたことがあるが、このように自分がメインの被写体になるのは初めてで、照れ臭かった。

その日の夜に送ってもらった夏乃の写真は、自分でも驚くほど美しく撮れていて、加津哉に「僕のＨＰのギャラリーのコーナーに使っていいですか」と問われ、承知した。あの写真を見たときから、おそらく自分は加津哉に惹かれていたのだろう。加津哉は背は高くなく、細身で眼鏡をかけていて、正直、パッとした華やかさはない男だったが、話をしていくうちに好感は持っていた。

綺麗に撮ってくれた御礼だと言って、夏乃のほうから飲みに誘った。それでも、二十歳下の男と寝る勇気はなかった。純粋に御礼のつもりだったのだ。

珍しく、あの夜、自分は飲み過ぎてしまった。

「若いし、彼女もいるんでしょ」と夏乃が聞くと、加津哉が「今はいないですよ。寂しい独り身です」と応えて、つい嬉しくなったせいかもしれない。創作和食の店を出て、夏乃は自分のほうから加津哉に唇を合わせた。

「ごめんなさい」

つい、謝ってしまった。

「そんなことされたら、俺、我慢できなくなりますよ。夏乃さんの写真を撮ってから、ずっと、綺麗な人だなって思って――」

目の前の男も酔っているのだろうか。二十も年上の女に、「我慢できなくなりますよ」なんて言うなんて――自分からキスしたものの、このあとどうしようかと躊躇《ためら》っている夏乃に、加津哉は「夏乃さんの家いっちゃダメですか」と聞いて、手を握ってきた。

結婚しているときは、夫以外に男はいなかった。そもそも、自分はセックスは好きではないと思い込んでいた。別れてから、店の常連だった同い年の男に誘われて飲みに行きホテルまで行ったのは、単なる好奇心だった。独身になったから、誰と寝ようがつきあおうが、自由だ。

その男には妻がいたので、短いつきあいで終わったし、セックスも特になんということはなかったのだが、四十歳を過ぎてもまだ自分が女としての魅力が残り、男の欲望の対象であるのが嬉しかった。

次の男は、雑誌の取材で店に来た、ときどきテレビにも出ている五十歳の大学教授だった。この男とのセックスで、夏乃は初めて、悦《よろこ》びを知った。ずっと独身で様々な女性とつきあってきた男は、そう男を知らない夏乃の身体でいろいろなことを試した。女のほうから欲望を口にして求めることは男を喜ばすのだと教えてくれたのも、この男だ。

夏乃自身も、四十代半ばになり、若い頃とは違う深い快感を味わうようになった。

セックスって、こんなに気持ちのいいものだったのか――そう思った。

大学教授は最初から、複数の女性との関係を隠さなかった。最初の頃は、嫉妬の感情が湧いたり、男と結婚したいなどとも思ってみたが、男は最初から余計な嘘を言わず、夏乃にもセックスのとき以外は甘い言葉も口にしなかったので、期待もいつしか消えた。もしも自分が若い頃ならば、欲情と恋愛感情を一緒にしていたであろうが、夏乃は冷静だった。

そのくせ、身体が悦びを知ったせいか、大学教授とつきあいながらも、また違う男を作った。同窓会で高校の同級生だった市役所勤務の男と再会し、夏乃が経営者になっていることから興味を抱いたらしく、誘われた。肌を合わせたのは、ただの好奇心だったが、男は夏乃にのめりこんだ。妻子と別れるから結婚して欲しいとまで言われたので、夏乃は嫌気がさして別れた。

大学教授のほうは東京の大学からの誘いを受け引っ越して、そのまま自然消滅していた。そうして五十歳が近づき、収まらぬ欲望にそっと蓋《ふた》をしながら生きていたときに、加津哉と出会ったのだ。

加津哉の初体験は大学一年生、相手は同じ合唱団の彼女だったと聞いた。その娘とは五年間つきあい結婚するつもりだったけれど、彼女が、就職した会社の同僚と恋人同士になりふられたのだ、と。それから恋人は、いたりいなかったりで、風俗にもときどき行くのだという。

「束縛されるのが嫌なんです。カメラマンとして独立したときも、当時つきあってた娘が、フリーランスなんて安定しないと言って反対したから、気持ちが冷めました。ひとりでいることは苦にならないし、結婚願望もないし、これでいいんです」

加津哉がそう口にするのを聞いて、夏乃は自分もそうかもしれないと思った。もう二度と、結婚する気はないし、束縛されるのは嫌だ。幸い、仕事もあるから、暮らしていけるし、自由でいたい。

そして五十という年齢を前にして、自分はセックスを楽しみたいと強く願っている。女として、最後の火を燃やしたいのか、なんなのか、わからない。けれどまさか、こんな若い男と関係を持つとは思いもしなかった。

最初に加津哉が夏乃の部屋に来たとき、恥ずかしさはぬぐえなかったけれど、そんな夏乃の気持ちを察してくれたのか、加津哉は「夏乃さん、綺麗です。俺、欲情してます」と言って、夏乃の手を自分の股間にふれさせた。確かに、布越しでも加津哉のそこが堅くなっているのがわかり、夏乃は安堵《あんど》した。

唇を合わせ、舌をからませる。加津哉が夏乃の服を脱がそうとするので、「電気消して、恥ずかしい」と夏乃が口にすると、それに従ってくれた。

裸になりベッドに横たわり、唇を重ね合う。暗闇の中だからと、夏乃は安心して身体を這わせ、加津哉の股間に顔を埋めた。

男のものを口にするのなんて、昔は嫌悪感しかなかったけれど、四十五歳を過ぎてからは、自分からすすんで「舐《な》めたい」と口にできる。男を悦ばせるのが、うれしかった。最初は柔らかくても、自分の口の中で硬くなるとうれしい。

加津哉のそれは、長くはないが太めで、口に入れるといっぱいになった。それでも舌を添え、歯を立てぬように気をつけて動かしてみる。

「あっ……気持ちいい」

加津哉の身体が少し震えたような気がした。反応してくれるのだとうれしくて、夏乃は唾液を溢《あふ》れさせ、ゆっくりと唇を上下して、頂上に来たときは先端の傘の部分を舌先でなぞったり、鈴口を弾くようにしてちゅうちゅうと吸い込む。

「すごい――」

加津哉が排泄の菊の穴を、きゅっと締めたような気がした。力が入ってしまうのだろうか。

「しゃぶられて、こんなに気持ちいいのははじめてだ」

加津哉がそう口にした。

「そうなん？」

夏乃が口をいったん離し、聞いた。

「うん、なんか一生懸命俺を悦ばしてくれてるようで、うれしいし……巧い」

もしも自分が若ければ、巧いと言われたら、経験が豊富だと勘繰られているようで素直に喜びはしないだろうが、この年になると、技巧を褒められるのは悪い気はしない。夏乃自身も、男のものをしゃぶるのが好きだ。男が自分に委ねてくれるのが悦びなのだ。

「でも……だめ、出ちゃう。まだ、続けたい、もったいないから」

加津哉がそう言って、夏乃の頭に手を置いたので、夏乃は口を離す。

「俺にも、夏乃さんの、させて」

躊躇いは一瞬で消えて、夏乃は暗闇の中で仰向けになり、脚を開いた。

見上げた先に、加津哉の身体がシルエットで見えるが、それでも筋肉のついた腕に、若さを感じる。

二十歳下で、しかも娘の先輩だなんて、本来、深みにはまるべきではないのはわかっているけれど、どうしてもこの男が欲しくて、我慢できなかった。気持ち悪がられて拒否されることも覚悟の上だったけど、何故かこうして受け入れてくれている。

「暗いからはっきり見えない——」

そう言って、いきなり加津哉は夏乃の股間に顔を埋めた。

「うっ」

夏乃は無意識に両脚で加津哉の頭を挟む。

「いい匂いがする」

「いやや……恥ずかしい」

「自分から脚を開いてたくせに」

夏乃が何か言う前に、加津哉の舌がその部分にあたり、かき回すように襞を舐める。荒いやり方だと思ったが、嫌いではなかった。何よりも、若い男が、自分のその部分を躊躇いなく口にしてくれるのに感激していた。厚い舌で、むしゃぶりついてくる。

どくどくと自分の中から溢れるものがあるのは知っていた。離婚してから、初めてセックスしたときは、久しぶりのせいか挿入時に痛みが走りはしたが、そのあと男と肌を重ねるうちに、痛みも少なくなり、若い頃よりも濡れるようになった。

もう四十八歳で、かろうじて生理はあるが、もうすぐ終わるであろうことは感じているし、濡れなくなる日も訪れるかもしれない。けれどだからこそ、今、楽しんでおきたいという気持ちは日々強くなっている。

あさましいと自分でも呆れるけれど、いけないことだとは思っていない。

「もう、我慢できないかも」

加津哉が顔を離し、そう言った。

「いいの——きて」

夏乃がそう言うと、そのまま加津哉は身体を起こし、開かれた夏乃の脚に挟まれるように下半身を近づけた。

加津哉は左手を肉の棒に添えて、先端を押し込む。

少しだけ痛みが走ったのは、それが普通よりも少し太めなのと、こうして男とセックスするのも半年ぶりだからだ。痛みはすぐに消え、深く奥まで突き進んでくる。

「夏乃さん——すごくいい」

自分の名前を呼んでくれる加津哉が愛おしくなり、夏乃は両腕を伸ばし、加津哉の背中に回す。抱き寄せるように、身体を包み込む。

身体が折り重なって唇を合わし、どちらからともなく舌を絡ませた。加津哉の背中が冷たいのは汗のせいだとわかる。じっとりと、濡れている。太く若い男の肉は、舌の動きと同じく、荒くかき回すように動く。それを包み込む自分の粘膜が馴染んでいくのがわかる。

離婚して何人かの男と寝てわかったのは、セックスの相性というのは、この粘膜の馴染み方なのではないかということだ。それを味わいたくて、夏乃は低用量ピルを飲みはじめた。四十を過ぎても、妊娠することがあるのは周りを見ていても知っている。妊娠の心配をせずに、粘膜の重なりを味わうためと、男と交わる予定を合わせやすいようにピルを口にする。ピルを飲んでいると、生理が来る日がきちんとわかるので便利なのだ。

加津哉の身体がつきあげてくる。息が荒い。摩擦する粘膜から血のめぐりのように快感が広がっていく。

気持ちがいい以上に、馴染む。

一度で終わらせることができない予感が芽生えた。

「夏乃さん、ごめんね。俺、久しぶりだし、なんだか早くいっちゃいそうで」

「いいの――中に出しても大丈夫やから」

「ありがとう」

こんなときまで御礼を口にするなんて、律儀な男だと思った。育ちがいいのだろう。

「あ、ほんとに、俺――出そう――ぁあっ」

加津哉が泣きそうな声を口に出したあと、打ち付けるように腰を激しく動かす。

「きて――」

夏乃の声と重なるように、加津哉は咆哮《ほうこう》をあげ、熱い粘液をどくどくと夏乃の身体の中に流し込んだ。


やはり、加津哉との関係は一度では終わらなかった。

週に一度、加津哉が夏乃の部屋に来るようになった。加津哉のマンションは京都市内の四条大宮《しじょうおおみや》にあるのだが、「ワンルームで、ものだらけで狭いから」と言われ、行ったことはない。もしかしたら他の女の影があるかもしれないとも過《よぎ》ったが、無理に部屋に入れてもらおうとはしなかった。

人目につくことは躊躇いがあったので、夏乃の家で、夏乃が作った料理を食べたあと、抱き合うことが多かった。次の日に加津哉に用事がなければ泊まっていくこともある。

年の差を気にして、「私みたいなおばさんで、いいの？」と夏乃が問いかけたことがあるが、「俺もこんな年上の人とつきあうのは初めてだけど、夏乃さんといると、すごく楽で、カッコつけなくていいというか、ホッとするんですよ。もちろん、セックスもすごくいいというのもあって……だから年のことは気にしないでください」と、言われた。

年齢差さえなければ、お互いに独身だから本来はうしろめたく感じることもないはずなのだ。ただひとつ、娘の葉奈にだけは知られたくなかった。

加津哉は細いくせに、よく食べる。離婚してから、自分以外の誰かのために料理を作ることなど仕事以外ではほとんどなかったので、夏乃は張りきって用意した。外に出ることもないし、家で会うだけなので、食費以外に金はかからない。夏乃が経営する喫茶店の店主だった叔母は、ずっと独身だったけれど、四十歳を過ぎた頃、十歳下の男とつきあっことがあるという。しかしずっと金を要求され続け、「結局は、金目当てでこんなババアと会ってたのよ」と、自嘲気味に話してくれた。ただ食事をして、セックスするだけの加津哉は、そんな様子もなさそうだ。何が楽しくて自分と会ってくれるのだろうと考えもするが、それよりもふたりでいる時間を楽しみたかった。

「すべての男が若い女を好きってわけじゃないですよ」

セックスのあとつい夏乃が「こんなおばさんとつきあって楽しい？」と聞いてしまったあとで、加津哉がそう言ったこともある。

「でも、私ぐらいの歳になると、子どもを産めないことにもうしろめたさがあるんよ」

「俺は、子どもが産めるかどうかで女の人を見たことはないなぁ。だって若くても産めない人も、産みたくない人もいるんだし。俺、今のところは結婚願望もないんです。ほんと、束縛されるの嫌だし、フリーの仕事してるから、家族とか背負う自信がない」

じゃあ私は都合のいい相手だとも、ふと過ったが、加津哉が夏乃の手を握り、自分の股間に導き、その硬さにふれると、不安は消えていく。

「さっき出したばかりなのに、またこんなんになってる。それぐらい、夏乃さんとしたがってる」

夏乃はうれしくて、加津哉の肉の棒を握りしめる。

「何も余計なこと考えず、抱き合おう」

そう言って、加津哉は身体を起こし、夏乃の首筋に顔を埋めた。

どうしても、一緒に見たい。

真っ赤なキリシマツツジの前に立つ、夏乃さんの写真を撮りたい。

加津哉に、そう頼まれたので、普段は外に出ることもないのだが、夏乃は緋色の着物を身に着け、長岡天満宮に行った。

池を囲むように咲くキリシマツツジは、圧巻だった。

キリシマツツジは普通のツツジよりひとまわり小さく、多くの花が集うようにして真っ赤な花弁を広げている姿は、鮮やかで力強い。

長岡京市に生まれ育った夏乃にとっては見慣れた光景だったが、年を取るごとに、人が群がる桜や紅葉よりも、この長岡天満宮のキリシマツツジの燃えるような赤に惹かれていく。

身に着けた着物は、結婚したときに母が持たせてくれたものだった。普段は着物を着る機会もなく、昔習った着付けも忘れていたが、店の経営者になってから、取材される際に何を着ようか迷うと、若いアルバイトの女の子たちが、「着物いいんじゃないですか。洋風の純喫茶と着物って、意外性があって映えそう」「店長、着物似合うと思うし、着てください」とすすめてくれた。簞笥《たんす》から着物を引っ張り出して、普段から着物に親しんでいるという常連の主婦に着付けを手伝ってもらい、カメラの前に立ったのだ。

確かに自分は地味な顔立ちのなで肩で、ドレスよりも着物のほうが合っているかもしれない。結婚式をしたとき、若いんだからと義母にすすめられたフリルのたくさんついたウエディングドレスが似合わなさ過ぎて泣きそうになったのを思い出す。母も先のことを考えてくれたのか、持たせてくれた着物は落ち着いた柄で、四十を過ぎた自分が着てもおかしくない。

洋服よりも着物のほうが流行りすたりもなくていいと、それから夏乃は取材で写真を撮られる際は、着物を身に着けるようになった。

今日、長岡天神に着物を着てきたのは、加津哉のリクエストだった。

加津哉に写真を撮られるのも、ふたりで外にいるのも久しぶりで、気恥ずかしくもあったが、こうして堂々と一緒にいられるのは心が弾む。

加津哉のほうは、「いつもご飯作ってくれてうれしいけど、大変でしょ。外に食べにいってもいいんだよ」と言っていたが、自分のほうが人目を気にしてしまっていた。

それに誰かに親子かと間違えられたら、傷ついてしまいそうだ。実際に親子ほどの年齢差があるのに。

「岡本かの子って、知ってますか」

境内を歩いているときに、加津哉がそう言った。

「名前だけは……」

「俺、大学のときに、岡本太郎の作品にハマってたんです。自分もアーティストになれたらなんて考えてて……そのときに、岡本太郎の母である、岡本かの子の小説も読んだんです。文章が艶っぽいなと思いました」

赤いキリシマツツジに囲まれた池は、そのまま花の紅を映してゆらめいている。

ふたりはその縁《ふち》をまわっていた。

「岡本かの子は、夫と一緒に、ずいぶんと若い男と暮らしていたというのも知りました。それで非難も浴びたみたいだけど、文章を読んだら、すごく魅力的なのがわかるんですよね」

何を言おうとしているのか、夏乃は加津哉の意図がわからない。

「つまり……歳は関係ないんですよ。夏乃さんは、ずっと気にしてるみたいだけど」

加津哉がそう口にする。

「ごめんね」

「なんで謝るんですか」

「気を使わせてもうて……私も考えないようにする」

「それでいいんですよ」

ふたりはそのまま、夏乃の部屋に行き、いつものように過ごした。

翌日、夏乃は、喫茶店の本棚に並べてある和歌の本の中に、加津哉が口にした岡本かの子の歌集があったと思い出した。恋の歌を集めた本だったはずだ。出勤して準備を終えて開店したあとはしばらく忙しかったが、ランチタイムが終わってから、まかないのオムライスを食べたあと珈琲《コーヒー》を飲みながら、その本をめくった。

いかばかり淋しきわれに思はれて君が「若さ」よ慰まざらん――

岡本かの子の歌が目に入った瞬間、夏乃は息を止めた。

今の自分と加津哉の関係、そのままではないか。

歳を気にするなと加津哉は言うが、実のところ夏乃は加津哉の若さが愛おしくあるのだ。その肉体だけではなく、未来があると信じて疑わないエネルギーの強さも。

写真で見る限り、岡本かの子は、そう美人とは言えない。けれど、夫がいながら亡くなるまで、若い男たちの心を虜にしていたのだ。

今の時代だとて、もしも自分と加津哉の関係を人にいえば、素直に祝福してくれる人よりも、心配する表情のほうが先に浮かぶ。夏乃自身も、自分のどこがいいのかと不安になっているぐらいだ。明治生まれの女性が、夫がいながら若い男と暮らすのは、さぞかし非難もあり嘲笑もされただろう。

岡本かの子も小説も、読んでみようかと夏乃は思った。どの本がいいかは、加津哉に聞けばいい。


長岡天満宮のキリシマツツジは枯れ、紫陽花の季節も終わり、本格的な京都の暑い夏が訪れた。

加津哉は、相変わらず、夏乃の部屋に来る。

もうすぐ夏乃は四十九歳の誕生日を迎えるが、特に何をする気もなかった。加津哉には、「外に食事にでも行こうよ。お祝いしたい」と言われたが、五十歳という、目を逸らすことのできない節目を前にして、気恥ずかしさが先にきた。

ただ、いつものように家でご飯を食べましょうとだけ告げて、加津哉は何やら不満げだったが、納得はしてくれたようだった。

生理はまだあるが、量はずいぶんと少なくなっている。近いうちに閉経が訪れるかもしれない。更年期らしき症状も現れていて、関節が痛くなったり、身体が熱くなることもあった。けれど、長年つきあってきた生理のおかげで、多少の不調は慣れているから、このまま切り抜けられるだろうと夏乃は思っていた。

一度、加津哉が来ていたときに、身体が怠《だる》くて出前をとると、ずいぶんと心配してくれた。更年期だからと内心思ってはいたが、二十八歳の男に老いを口にする勇気はなかった。着実に自分は人生の折り返し地点を過ぎて死に向かっているとは思うけれど、だからこそ男の身体を縋《すが》るように求めていた。

もしかしたら加津哉が最後の男なのかもしれないと、ときどき思う。

そして、老いた自分がいつ捨てられても、加津哉を恨むことはしないと決めてはいた。体力も気力もなくなっていくのは、日に日に感じている。自分のほうから、もう加津哉以外に誰か男を求めることは、ないだろう。

夕方の八時に、インターフォンが鳴り、夏乃が扉を開くと、加津哉が大きな薔薇《ばら》の花束を持って立っていた。

「夏乃さん、プレゼントいらないって言うけど、せめてこれぐらいさせてよ」

「うれしい。ありがとう」

幾つになっても、男からの花束は心が躍る。高価な宝石やバッグよりも、一瞬だけ目を楽しませてくれる花のほうが、今はありがたかった。

汗をかいているからと加津哉はシャワーを浴びに行き、夏乃が用意したTシャツと短パンに着替える。

デパートで購入した、少しばかり豪華な総菜と、手作りのローストビーフと冷製トマトスープ、パクチーのサラダ、サンドイッチを並べた。

「すごい、豪華だ。いや、いつも美味しいもの作ってくれるけど」

加津哉がそう言って、ダイニングの椅子に座った。スパークリングワインで乾杯し、料理をつまむ。

「おめでとうって言われたくないかもしれないけど、誕生日おめでとう」

「複雑やね、自分の歳にびっくりする」

「夏乃さんは、全然若いよ。俺の親なんか、もうほんとおばあちゃんとおじいちゃんだよ。孫がいるせいかもしれないけど」

加津哉には兄がいて、結婚して子どもがいると聞いていた。それでも加津哉の母親は、早く結婚したらしく自分とは五つしか変わらない。

私だって、孫がいてもおかしくないのよと思ったが、口には出さなかった。

ふたりは料理を食べ終わると、一緒に浴室に行き、身体を洗い合った。明日は加津哉も仕事は夕方からだというし、夏乃は休みをとったので、ゆっくりできる。

浴室から出て、身体を拭いて、裸のまま寝室に行った。

「夏乃さん――」

加津哉はそう言って、夏乃の身体を引き寄せて、唇を合わせる。

横たわると、加津哉は夏乃の手をとって、自分の肉の棒を握らせた。

「したくてしたくて、たまらない」

夏乃は身体をずらし、加津哉の肉の棒を咥《くわ》える。

「あぁ……」

夏乃は、左手を加津哉の玉袋にそえながら、唇で肉の棒を挟み、唾液を溢れさせ、動かしはじめた。

「いい――」

最初の頃は夏乃がせがんで電気を消していたが、加津哉が「俺のしゃぶってる夏乃さんの顔を見るのが好き。それに夏乃さんの大事なところも、ちゃんと見て、確かめながら、したい」と言うので、もう今は灯りはつけたままだった。

「夏乃さん、お尻こっちに向けて」

加津哉に言われ、夏乃は身体を起こし、望まれるがままに互いちがいの形になった。一番恥ずかしい格好だとは思うが、だからこそお互い興奮できる。

「夏乃さん――」

加津哉が顔を尻の狭間にうずめてきて、夏乃は「あぁっ」と、声をあげる。

ちゅうちゅうと音を立てて、いきなり吸ってきたので、心の準備ができていなかった。

「いい――」

身体の奥から、どくどくと何かが溢れてくる感触がある。全身に快感が広がって、力が抜けていく。

若い頃に、セックスの楽しさを知らずにいたなんて、ずいぶんと損していたような気がしてならない。だからこそ、今、こんなにも自分は貪るように求めているのだろうか――。

いくつになるまで、セックスができるのだろうか。

男に求められるのだろうか。

ずっと問いかけ続けている。

若くて、男に求められるのが当たり前の女には、この深くあさましい欲望はわからないだろう。自分だとて、そうだった。

加津哉に下半身を舐められながら、夏乃は目の前の堅い肉を手にして口に入れようとした。

ガタッ。

何か物音が扉の外で聞こえた気がして、夏乃は顔をあげる。

「ちょっと待って」

「どうしたの」

「なんか音がして」

夏乃がそう口にした瞬間、「お母さん、いるの」という声と共に、寝室の扉が開く。

葉奈の声だ。

血の気が引き、慌てて夏乃は身体を起こし夏布団で身体を隠すが、煌々《こうこう》と照らされた灯りの下で、葉奈と目があった。

葉奈は驚愕《きょうがく》した表情を浮かべている。

誰もいないからと、夏乃は寝室の鍵をかけていなかった。

「何してるの――え、嘘、加津哉先輩??」

葉奈はそう言ったあと、ふたりが裸なので、扉を閉める。

「ここにおって」

夏乃は加津哉にそう言って、箪笥の引き出しから家用のワンピースを身に着け、部屋の外に出た。

台所のダイニングテーブルに座った葉奈が、冷蔵庫から取り出したペットボトルの水をごくごくと飲みほしていたのは、落ち着こうとしているからか。流しには、さきほどふたりで食べた夕食の汚れた皿もグラスも、そのままにしてある。

「——友達と遊んで、帰ろうとしたら、電車の中でうとうとして置き引きにあった。警察に行って、電車賃だけもらったけど、シェアハウスの娘《こ》たちはみんな夏休みで帰省してて、管理会社は閉まってるし、大家さんは遠方だし……。そういえば、お母さん誕生日だって思い出して行こうって思ったけど、スマホないから連絡できひんかった。とりあえず警察の人に借りたお金で来たら、一度インターフォンを鳴らしたけど出なくて、そしたら扉が開いてて——」

寝室には、インターフォンの音が聞こえにくいのは、わかっていた。けれど午前中に寝ているのを訪問販売などに邪魔されたくなくて、そのままにしていたのだ。そしてきっと、加津哉がこの家に入ったときに、玄関の鍵をかけ忘れていたのだろう。以前にも何度かそういうことがあったから、注意していたはずなのに——。

「加津哉先輩がいるって、どういうことなん？」

葉奈の目の中に、怒りの感情があるのに夏乃は気づいた。

まさか——娘は加津哉のことを好きだったのだろうか。

「驚かしてごめんね。つきあってるんよ」

「つきあってるって……ねぇ、いくつ離れてると思ってんの？」

怒りだけではない、葉奈の表情は軽蔑を隠さない。

「恥ずかしいわ、自分の親が……信じられへん、みっともない」

確かにそうかもしれないけれども、若いあなたにはわからない——そう思ったが、口にはできない。たとえ頭で理解しても、自分の母親が若い、しかも自分の先輩とベッドにいたというのは心が受け入れないだろう。

どう言葉を尽くしたものか、葉奈はわからなかった。

ただ胸が痛く、苦しい。

「お金貸して。今日はどこかホテルに泊まる」

突き放すように、葉奈がそう言ったので、夏乃は財布から三万円出して、葉奈に渡した。

葉奈は立ち上がり、玄関に向かう。夏乃は「ごめんね」と、口にした。

「……気持ち悪い、最低やわ」

そう言い放ち、葉奈はわざとだろうが、大きく音を立て、扉を開いた。

夏乃は鍵を閉め、台所に戻る。

寝室から出てきた加津哉が、Tシャツと短パン姿で、ダイニングの椅子に座って、夕方に少しだけ飲んだワインの残りをグラスに入れ、口にしていた。

「ごめん、なんだか飲まないと、冷静でいられなくて」

「いいの、飲んで」

夏乃もグラスにぬるいワインを注ぎ、口にする。

「見られちゃった」

「話は聞いてた。俺が鍵をかけ忘れたせいだ、ごめん」

「でも、どうせ鍵をかけても、部屋にいるから同じことや」

夏乃はそう口にしたが、ベッドにいるところをいきなり見られるのと、こちらが服を着ているのでは、衝撃が違うだろう。

ひどい母親だと葉奈には思われているに違いない。

けれど、それでも、何が悪いのだ、とも思っている。

あなたにはわからない——初めて、夏乃は娘の若さゆえの無垢さに、嫉妬した。

「あの娘、加津哉さんのこと好きなんかな」

「そんなことはないと思う。今はどうか知らないけど、前に同じ合唱団の男とつきあってたよ」

「そうやったんや。気づかへんかった」

娘も、いつのまにか大人になっていたのだ。

当たり前のように子ども扱いしていたが、あの娘も女なのだ。

「ひどいな」

「何が？」

「恥ずかしいとか、みっともないとか……俺が言うことじゃないかもしれないけど」

「気にしてへん。自分の母親やから、余計に嫌やったんやろ」

夏乃はそう答えたが、自分を見る加津哉の目に憐れみの色が浮かんでいるのには気づいていた。

いつまで、この男とこうして一緒にいられるのか。

「どうする？　気持ちが萎えたやろ？　帰る？」

夏乃が問いかけると、加津哉は手を伸ばして、夏葉の頬にふれる。

「嫌だ。一緒にいたい」

加津哉の顔が近づいて、唇が合わさった。

夏乃は目を閉じず、肌から若さを漂わせている男の顔を見つめていた。

「部屋に、戻りましょうか」

夏乃はそう言って、唇を離した加津哉の手をとって、立ち上がった。

いつかきっとこの男は私を捨てる。けれど、私から離れることはないだろう——。

夏乃は自分の心を確かめるように、繋がれた加津哉の手をぎゅっと握った。

くれなゐの桃

春の苑《その》　くれなゐにほふ　桃の花　した照る道に　出で立つをとめ

大伴家持《おおとものやかもち》

「上手になってきた。すごく気持ちよくて……」

桃花《ももか》は言葉を止めた。

「ほんまに？」

百合子《ゆりこ》は桃花の両脚の狭間に顔を埋めたまま、そう聞いた。

「うん。最初はおそるおそるって感じが伝わってきたけど、今は、私も百合子さんに委ねられて……」

「うれしいわぁ」

百合子は再び、舌を伸ばし、桃花の蜜が今にも溢《あふ》れそうになっている裂け目を、舌でなぞる。

「あっ……いいっ」

桃花は身体《からだ》を反らす。足のつま先に無意識に力が入ってしまうのは、大きな波が押し寄せてくる合図だ。

百合子も桃花の高まりを察したようで、舌の先端を裂け目の頂上にある小さな真珠の粒にふれさせる。

「きつく吸っても、いいから」

桃花は、そう口にした。

激しくして欲しかった。壊れそうになるぐらいに。

百合子がちゅううと音を立てて、吸い込んでくる。

「ああっ!!」

桃花の腰が浮き、全身が痙攣《けいれん》した。


「中根《なかね》さん、ちょっと相談があるんだけど、時間があるときに飲みにつきあってくれない?」

外周りのあと、ふたりで電車に乗って帰社しようとしたときに、西沢俊彦《にしざわとしひこ》にそう言われて、桃花は戸惑いを隠せなかった。

「仕事の話ですか」

「いや、そういうわけじゃないんだけど」

西沢は会社の先輩でもあるので、桃花はどうしたら穏やかに断ることができるだろうかと考えをめぐらす。

実のところ、桃花が中途入社してから、西沢には何度か誘いを受けたが、習い事などを理由に逃げ続けてきた。さすがにしつこくしてはセクハラになると思ったのか、一時期は収まっていたのに。

「あの、誤解しないで欲しいんだけど、下心があるわけじゃなくて、家族のことでね」

西沢にそう言われて、桃花の胸の鼓動が激しくなった。

西沢の妻の百合子は、桃花の「恋人」だ。桃花は、北山《きたやま》の手作り市で百合子に出会って惹《ひ》かれ、肌を合わせる関係になった。週に一度、桃花の部屋に百合子が来るようになってから、半年が過ぎた。

本来なら、会社の先輩である西沢にうしろめたさを感じていたたまれなくなる立場なのだが、西沢の百合子に対するつれない態度を聞いてもいるし、嫉妬心などもなく、何事もないように会社では今まで通りに仕事仲間として西沢に接していた。異動があり、西沢の部署が変わって、顔を合わせる機会が少なくなっていたのも幸いだった。

けれど、異動前から西沢が担当していたクライアントだということで、今日の交渉には上司の命令で西沢も来ていたのだ。

「家族って……西沢さん、おふたり暮らしでしたよね」

「だから妻のことなんだけど」

桃花は努めて冷静にいようと表情を変えないように気をつける。

まさか、ふたりの関係がバレてしまったのではないか。

「なんで、私に?」

「男友だちには話したくなくてね。ロクなこと言われないのわかってるから」

じゃあ、「彼女」に話したらと言いたくなったが、もちろんそんなことはできないのもわかっている。西沢の浮気相手が社内にいるのは知っていた。二十七歳の派遣社員の水谷亜美《みずたにあみ》で、小柄で童顔で小動物のように愛玩《あいがん》されるタイプの、可愛い女の子だ。もっとも、そういう女こそ、計算高いのを桃花は知っている。男の気を惹く術《すべ》を巧みに身に着けているのを。

普段なら口説かれるのが面倒で、理由をつけて断るのだが、百合子のことだと言われると無視はできない。「話を聞くぐらいなら」と、桃花は応えた。

ただし、自分は飲まないので、食事だけだ、とも伝えた。本当は酒は嫌いではないのだが、酒が入ると馴《な》れ馴《な》れしくなる男の相手はしたくないので、せめて自分は飲まないと釘を刺したのだ。

桃花は昔から胸が大きかった。そういう自分の身体は嫌いではないから、胸の開いた服も着るけれど、「男の気を惹こうとしている」と同性に非難されたり、そこばかり注目する男がいるのが嫌だった。

じゃあ、軽く飯だけでもと西沢が承知してくれたので、仕事が終わったあとに会うことを約束した。

「うちの奥さん、男がいるかもしれない」

四条木屋町《しじょうきやまち》のカフェレストランで、前菜とパスタとサラダを注文したあと、いきなり西沢が切り出した。

「どうしてそんなふうに思うんですか？」

「男」と西沢が口にしたので桃花は気が抜けたが、問うてみる。

「長年一緒にいる夫婦って、どこでもそうだと思うけど、ただの同居人みたいな関係になっててね。それでも離婚する理由がないなら、そのままでやっていけるじゃないですか」

どこでも、ではないと言い返したい気持ちを桃花は抑えた。自分が妻を愛さない言い訳を一般論にすり替えるのは卑怯だ。

「うちは子どもも出来なかったけど、奥さんは暇だったのか手作りでいろいろ作る趣味も出来て気も紛れて、何の問題もなかったはずなんだ。最近になって家を空けることも増えて……。それに、嘘ついてるなって、わかった」

桃花は運ばれてきた前菜のオリーブと人参のマリネを口にする。

「嘘って？」

「実家に泊まるって言って土曜日の夜に家を空けて……でもすごくうれしそうに準備してるから、おかしいなって思ったんですよ。あいつの実家って桂《かつら》なんだけど、帰るときはいつも家族で料理自慢の母親が作った夕食食べるって、知ってるんですよね。義母は花が好きで、家の近くのショッピングセンターの花屋でパートしてるから、気づかれないように、そっとお店の様子見に行ったんです。そしたらお義母《かあ》さんがいて、あれ、休んでないじゃんって」

それはきっと、一ヵ月前に、自分と琵琶湖のほとりのリゾートホテルに泊まったときのことだ。何かあったときのことを考えて、遠方には行けなかった。百合子は「夫は私には関心がないから」とよく言っているが、そうではなかったのだ。

「それだけじゃない。夫の俺の目から見ても、綺麗で元気になったなってわかるんですよ。地味でおとなしい女で……普通に考えて、男できたのかなって思うじゃないですか。正直、もうおばさんだけど、相手にする男はいるだろうし」

桃花の目の前に、トマトと茄子《なす》のパスタ、西沢の前にはカルボナーラが置かれたので、フォークを手にする。

もうおばさんだけど、相手にする男はいるだろう――西沢の言い方が不快だったが、顔には出さない。

パスタを口にすると、酸味が強く、別のものにすればよかったと後悔した。

「でもね、西沢さん。この際だから言っちゃうけど、あなただって彼女いるでしょ」

「え」

フォークにパスタを絡めた西沢が、目を見開く。

「派遣の女の子とつきあってるでしょ。知ってますよ」

「……まさか、中根さんにまでバレてるとは」

「若い娘とつきあう男の人って、自慢なんでしょうね。だから人に話す。どこかからそんなの漏《も》れますよ」

西沢が、飲みの席で後輩社員たちに「若い女はいいぞ」と言っていたのも知っている。

「自分は浮気しておいて、妻はダメなんですか」

「手厳しいなぁ。浮気は浮気、ただの遊び。ただ、自分の妻は、そういうことはしないと信じてるので、女性の意見も聞きたかったんだよ」

「なんで私なの？」

「中根さんて、途中入社ってこともあるけど、一匹狼でしょ。男ともだけど、女同士でもつるまないし、仕事終わったらすぐに退社して、プライベートは謎で、美人なのに独身で男っ気もなくて……だからこういう重要なこと相談できるって思ったんですよ。言いふらされたら俺の立場もなくなるから」

自分が「一匹狼」になったのは、レズビアンだということが大きい。プライベートに踏み込まれたり、詮索されるのを避けると、どうしてもこうなってしまうのだ。それにクラシックのコンサートや観劇など、趣味は充実しているので困ることはない。

男を愛することができないとわかったときから、孤独と共に生きると心に決めて、ひとりで過ごす時間を大事にしてきたのだ。

「それで、西沢さんはどうしたいんですか。真実を追及したいの？　もし奥さまが浮気していたら、離婚するんですか」

「いや、離婚はしない。めんどうだから。追及するのも怖い気がする。だからもう少し、様子を見るしかないのかなぁと思ってる。俺の気のせいかもしれないし」

食べ終わって珈琲《コーヒー》を飲みながら、西沢は「実のところ、まさか自分がこんな疑いを持つとは思わなかったし、わりと深刻に悩んでるんです。だから今日、中根さんに吐き出して、今、ホッとしてる。言うまでもないけど、他言無用でお願いします」と言ってきた。

この男なりに不安なのだと、桃花の中に初めて同情の感情が湧いたが、罪悪感はやはり無かった。

「こんなに桃の花が咲いているなんて、知らなかった」

桃花が、隣を歩いている百合子に、そう言った。

ふたりは京都御苑《きょうとぎょえん》を歩いていた。ここが桜をはじめとした花の名所であるのは知っていたが、桃の木が並ぶ「桃林」まであるのを初めて知った。

「そやから、桃花さんに見せたかってん。私も、今度、桃の花モチーフのシリーズでアクセサリー造りたいから、一緒に見に行きたくて」

三月の日曜日、午前中から待ち合わせていた。西沢は今日は朝から部長とゴルフだというのは、桃花も知っていた。だから一日、一緒にいられる。

お昼ご飯は、京都御苑の中の休憩所に入った。

「最近、ここ新しくなって、メニューも面白いやろ」

百合子にそう言われ、御所車に載った重箱に入っている弁当をふたりで食べた。

傍から見ていると、仲のいい女友だちにしか見えないだろう。

食べ終えて、もう一度見たいと桃林に行くと、ふいに百合子が、立ち止まる。

「春の苑《その》、くれなゐにほふ桃の花、した照る道に出で立つをとめ」

百合子はそう口にして、桃花をじっと見つめた。

「和歌？」

「万葉集にある、大伴家持《おおとものやかもち》の歌。春の苑に、匂いたつ乙女がいる――桃花さんにぴったりの歌やって思った」

桃の花をモチーフにしたアクセサリーを作ろうと、桃の花に関する和歌をネットで検索して見つけたのだと百合子は言った。

「私、桃花さんと会えて、本当によかった。生きてるって、感じる。楽しくて幸せで……それまでの自分が、幸福じゃなかったって知ってん」

百合子はそう言いながら腕を伸ばし、桃花の手を握る。

桃花は百合子を抱きしめたい衝動に駆られるのを必死に抑えた。こんなに可愛くてひたむきな女を、西沢は愛さないくせに「妻」という立場に縛り付けている。おばさんだからというが、自分だっておじさんではないか。

西沢に悩み相談をされたことは、百合子には話していなかった。

「そろそろ家に行こうか。ふたりきりになりたい」

桃花がそう言うと、恥ずかしそうに百合子が頷《うなず》いた。

裸になり、どこもかしこも合わせて、味わいたくてたまらなかった。

舌をからめ合うキスも好きだけど、唇を軽く重ねるのを繰り返すだけのキスも、気持ちがいい。桃花の部屋に入るなり、ふたりとも何度もチュッと音を立て、唇を合わす。

「……本当は、会ったときから、したくてたまらなくなってて」

百合子がそう言うと、桃花は「知ってる」と言って、もう一度キスをする。

「百合子さん、だんだんといやらしくなってるもん」

「ね……恥ずかしいんやけど……もうおばさんやのに」

百合子は四十二歳で、桃花よりは七つ上だ。けれど、それがどうしたのだとも思う。桃花にとっては、愛《いと》おしい恋人だ。おばさんだから、女として終わっている――世間に、そんなふうに思い込まされているのが悲しくて、そこから解放してやりたい。

百合子は結婚していて、女と愛し合ったのは桃花が初めてだというが、桃花のほうは男性経験はあるものの、興味があるのはずっと女性だった。自分が女性が好きだと自覚してからは、男にふれたことはない。恋人はいたりいなかったりだ。ネットで知り合いつきあったこともあるし、レズビアンが集まるバーに通っていた時期もある。

世の中は、自分のような女に、昔よりは理解が深まった気がするけれど、女しか愛せない女を珍獣のように扱ったり、「男とのセックスの良さを知らないからだ」と決めつける人間たちはごまんといる。桃花の両親や兄弟だとて、まさか娘がレズビアンだとは気づいていないし、気づかれないようにしてきた。

「一緒に、シャワー浴びようか」

桃花はそう言いながら、百合子の着ているブラウスのボタンを外しはじめた。お互いに服を脱がせ合う。

「あ、渡そうと思ってたんよ。この前、手作り市で仲良くなった人からもらった、桃の香りのバスソープ。サンプルだから小さいけど、ええ香りやねん」

浴室に行こうとすると、百合子がそう言って、バッグの中から小さなボトルを取り出した。

「それで、いやらしいことしたいの？」

桃花がそう言って、百合子に自分の身体を押し付ける。

「そんなつもりやない……」

「そんなつもりじゃなくても、私はもうその気になってる」

ふたりは浴室に行き、シャワーを流して身体を濡らしてから、桃花がバスソープを百合子の身体に塗り付けた。

「ほんと、いい香りがする」

そう言って、桃花は百合子の陰毛を上からなぞるようにして泡立てる。

「こうやって、くっついて」

ふたりは立ったままぬめった身体をこすり合った。

唇を合わせると、百合子のほうから舌を入れてきた。桃花の口の中を撫でまわすように動く。百合子は舌を動かしながら、左手の中指を桃花の両脚の付け根に侵入させる。

「あぁっ！」

桃花は顔を離して、声をあげた。百合子の指が、バスソープのぬめりをもったまま襞《ひだ》をなぞるように動く。

「桃花さんの中、あったかい」

百合子の指は桃花の秘苑をかき分けるように中に入ってきた。

最初の頃は、女同士のセックスに慣れた桃花が攻めることが多かったけれど、今は百合子もこうして積極的に喜ばそうとしてくれる。

「桃花さん、私が指入れる前から、すごく濡れてたで」

「そんな……」

「私もたぶん、そうなってるから、確かめて」

百合子がそう言うので、桃花は手を伸ばし、百合子の蜜壺にゆっくりと中指を入れる。

「おそろいね」

桃花がそう口にすると、百合子が「桃花さんのせいで、だんだんいやらしい身体になってるのが自分でもわかる」と、恥ずかしそうに口にした。

「百合子さん、肌も綺麗になったんじゃない。おっぱいも、張りがでてきて」

桃花は百合子の蜜壺に指を出し入れしながら、そう口にする。

「自分でも……そう思う……艶々《つやつや》してるって、この前、手作り市にいつも来てくれる常連のお客さんにも言われて……あっ」

百合子は立っているのがつらいのか、膝をがくんと曲げた。

明らかに、桃花と愛し合うようになってから百合子は変わった。

夫が気づくのも当然だ。


「探偵を雇おうかなって考えたりもしてる」

目の前の珈琲に手をつけようともせず、西沢がそう言った。

最初に「妻に男がいるかも」と相談されてから、半月が過ぎた。西沢なりに思いつめているらしく、「話を聞いて欲しい」と頼まれ、「お茶だけなら」と、桃花は会社帰りに喫茶店に行った。

もし本当のことがバレたらと考えると、これ以上、深入りしないほうがいいとも考えたけれど、西沢がどこまで知っているのかと気になった。けれど、やはり「男がいるんじゃないか」としか思わないらしい。まさか妻が女と――なんて、想像の範疇《はんちゅう》を超えているのだろう。

ほとんどの男は、そうだ。女は男を愛して当然だと信じている。たとえテレビにレズビアンの女性が出て理解を示しても、自分のパートナーはありえないと思い込んでいる。

「探偵？　お金かかるでしょ」

「そうなんだよ」

「奥さんに直接聞いてみたりはしないの？」

「それはやっぱり……できないなぁ」

怖いの？　と、問いかけようとして留めた。怖いに決まっている。

「奥さんは、西沢さんの彼女のこと、聞いてきたことあるの？」

「ないよ。そもそも気づいてないと思うよ。俺のこと信じてる」

桃花は吹き出しそうになるのを堪えた。百合子はずいぶんと前から、夫が浮気をしていることなど十分に承知しているのに。

あまりにも、この夫婦は、バラバラだ。それでも結婚生活を続ける意味はあるのだろうか。

百合子にも、離婚する気はないのかと聞いたことがあったが、「離婚となると、双方の親とか巻き込んで大変なことになるしね……。俊彦さんに彼女がいるってわかったとき、離婚切り出されてもしょうがないなって覚悟はしてたけど、そういう様子もないし」と返された。

もしも自分が男ならばと桃花は考えた。百合子に「離婚してくれ」と言えたかもしれない。けれど、今の世の中では、女同士のカップルが堂々とするのは、やはりまだ非難する人たちもいる。何より、自分の親や百合子の親が許さないだろう。

「男好きのする身体だ」「色っぽくて、男を誘ってる」などと言われたり、しつこく口説かれるたびに、「私は男は好きじゃない」と、言ってやりたいと思うことは今まで何度もあった。けれどそれができなかったのは、自分の中でもどこかうしろめたさがあったからだ。

でも――ずっと、そうやってごまかして生きてきて、いいのだろうか。

「西沢さんは、奥さんを愛してるの？」

桃花がそう聞くと、西沢は、驚いた表情になった。

「え、なんでそんなこと聞くの」

「だって、夫婦でしょ。どうしたいのかなって思って。もし奥さんに恋人がいたら、別れる？」

「考えられない」

「それは、好きだから？　愛してるから？」

そう桃花が問うと、西沢は頭を傾け、考えるような仕草をする。

「好きじゃなかったら、結婚しないし、一緒にいないけど……長年一緒にいて、家族だから。それを愛っていうんなら、そうなんだろう」

「奥さんのほうも、そうなの」

「だと信じてるよ」

だったらどうして今まで百合子をもっと大事にしなかったのだと苛立ちがこみ上げてきた。

「西沢さん……ちょっと私もいろいろ考えてみるね」

桃花がそういうと、西沢は「中根さんが、まさかそんなに親身になってくれるなんて、うれしいな。また話せるかな」と口にする。

喫茶店を出て、西沢が、桃花の肩を軽く抱いて、「次は飲もうよ、おごるから」と念を押すが、桃花は「じゃあね、会社で」と答えて、すっと身をかわした。

妻の話をしたあとで、自分に欲情をちらつかせた男への怒りが湧き上がってくるのを感じていた。

「桃花さんに、まず最初に見せたかってん」

日曜日の午後、桃花の部屋にやってきた百合子は、まずそう言って、紙袋の中から小さな箱を取り出した。

桃花が箱の蓋を開けると、花びらが薄いシルクの布で作られた桃色のピアスが入っていた。

「桃の花をモチーフにしたアクセサリーのシリーズの第一弾、これはどうしても桃花さんにあげたかった」

桃花は「うれしい」と口にして、箱からそっと取り出し、耳につけてみる。

「やっぱり桃花さん、華やかで、よく似合う」

そういう百合子の笑顔が愛おしくて、桃花はそっと顔を近づけ、唇を合わせた。

「いったん外すね、壊れたら嫌だから」

桃花は百合子から顔を離すと、ピアスを箱に戻し、手を伸ばして百合子の背中を引き寄せるようにして、再び唇を合わす。

「今日、夫は友だちと映画見に行くって外出したけど、夕方には帰ってくるみたい」

「じゃあ、百合子さんも、それまでしかいられないの？」

「少しぐらい遅くなってもいい。どうせ女の人と一緒やろうし。私は私で好きにやる」

百合子がそう言って、桃花のワンピースの上から、胸にふれる。

「女の人の胸って、さわると気持ちいいね」

「百合子さんだって、おっぱいあるじゃない」

「自分のさわったって、つまんないもん。でもね、たまに、自分のさわりながら、これ桃花さんのやって想像してる。大きさは全然違うけど」

「ひとりでするとき、私のこと考えてしてくれるの？」

「うん……」

桃花は百合子の手をとって立ち上がり、ベッドに横たわらせる。

百合子のワンピースをめくりあげ、両脚を開かせた。

「今日も、可愛い下着つけちゃって」

「だって、桃花さんがいつも素敵なのつけてるから」

「でも、脱がしちゃう」

桃花はそう言って、薄いブルーでレースがついた百合子の下着を下ろす。

「やだ、百合子さん、自分から股を開いて」

「……だって」

「舐《な》めて欲しいの？」

「うん」

桃花はそのまま百合子の両脚に顔を埋めて、舌を伸ばす。最初は自然にまかせていたけれど、「舐めやすいように」と、百合子はその部分の処理を始めてくれた。長い毛は短く切り、襞の周辺はブラジリアン・ワックスのサロンで抜いているのだと。

少女のように小ぶりの花びらを、下から上へと舐めあげ、時に尖らせた舌先をずぶりと蜜をすくい出すように裂け目に伸ばす。そうやって繰り返していくと、次第に練乳のような白い粘液が溢れてくる。

百合子が必死に声を抑えているのがいじらしい。たまにはラブホテルで、思いきり声を出しながらやるのもいいかもしれない。

十分に潤ったのがわかったから、桃花の舌先は快楽の頂点にある小さな粒に伸びる。舌先でつんつんと突いたあと、蛇がとぐろを巻くように舌を這わす。

「うぅっ」

百合子が苦しそうな声を出すのは、声が出そうになって自分の手で口を押さえているからだ。いつもなら、桃花とて声を気にするが、今日は思いきり出してくれと言わんばかりに、ちゅううと真珠の粒を唇で挟み、吸う。

「あぁっ！　あかんっ！」

耐えられなかったのか、百合子の腰が浮き、声が部屋に響く。

「……私も、桃花さんを――」

荒い息を整えながら、百合子がそう口にした。

ふたりは服を脱ぎ、全裸になって、桃花が下、百合子が上になり、互い違いの形になる。お互いの股間が、顔の前にある。

最初の頃は、百合子はずいぶんとこの形を恥ずかしがった。夫とはもうずいぶんとセックスはないけれど、もともと自分のものをしゃぶらせるのは毎回するのに、女のを舐めるのは好きではないと言われたらしい。

だから桃花にそこを口にされ、恥ずかしさで死にそうだったと言っていた。けれど今は、自分から積極的に、舐めるのも、舐められるのも望んでくる。

「前戯ってね、男の人にとっては、ほんと挿入するために女を潤す程度のものなのかなって思ってたてん。もちろん、すべての男の人がってわけやないけど……。でも女同士やったら、こうしてさわったり舐めたりがずっとできるから、ずっと気持ちい。私、挿入されるの好きやないんやもん」

最初の頃に、そんな話も聞いた。桃花とて、そうだった。ずいぶん昔の、数少ない男性経験では、自分はセックスは嫌いだと思い込んでいたのは、挿入されると痛みしかなかったからだ。

女性とつきあうようになって初めて、自分はセックスが好きなのだとわかった。

「ぁあっ」

桃花は声をあげる。百合子が桃花のその部分に、むしゃぶりつき、いきなりきつく吸い上げてくる。

「うぅっ……」

される一方では申し訳ないと、桃花も百合子のその部分を舌先でなぞる。目の前に、小さな皺《しわ》に囲まれた穴があった。排泄の穴ですら、百合子のものは愛おしい。

お互いが尻の狭間に顔を押しつけ、貪り合う。こうしてふたりで舐め合うと、全身に快感が広がり、無心になって舌と唇を動かすことしかできない。

酸味と甘みが入り混じった匂いにむせ返りそうになる。

「私、自分がこんなに濡れるなんて、桃花さんと知り合って初めて知ってん。濡れない、不感症だって、自分を責めてたときもあったから……夫としても、全然こうならへん」

ふいに百合子が顔をあげ、そう口にした。

「信じられない。百合子さん、すごくいやらしいのに」

「自分でも驚くことばっかりなんよ。家でひとりでするのも、若い頃に少しはしてたけど、結婚してからはそんな気にならへんかって……それは夫とのセックスがなかったからやなく、心が死んでたんやと思う。桃花さんとこうなってから、ひとりで家にいても、桃花さんのことずっと考えて、気がつけばさわってる……」

お互いの秘部を目の前にしながら会話しているのは不思議な気分だった。

「百合子さん、旦那さんが家にいるときでもしてる？」

「うん。夫は飲んで帰ると、お風呂にも入らずすぐに寝ちゃうから、その隙にしたり」

まさか西沢は、自分が気分よく眠っている隣で、妻が女のことを考えて自慰をしているなんて、今まで想像もつかなかっただろう。

「いやらしい」

桃花はそう言い放つと、口を開けて、じゅるじゅると唾液を溢れさせながら百合子の襞をすする。

「ぁあっ！　そんなの……イくっ！」

そう言い放つと、百合子は身体を痙攣させ、咆哮《ほうこう》をあげた。

「……百合子さん、イきやすくなったね」

「ごめんなさい」

「謝らなくてもいいのに、うれしい」

夫とのセックスで絶頂に達したことなどなかったし、それを向こうもわかっていたから、つまらなくなって私を抱かなくなったのだ――以前、そう百合子から聞いたことがあった。

夫は、こうして、妻が快感に声をあげる姿を見たら、どう思うのだろうか。

「ねぇ、百合子さん、私をおもいっきり気持ちよくして」

桃花はそう言った。

「うん、わかった」

百合子は身体を起こし、脱いだストッキングを手にして、桃花の両手を頭の上にして手首を縛りつける。

以前、桃花が「ちょっとSMっぽいこと試そう」と言って、同じことを百合子に仕掛けたことがあった。

「あのときね、私、すごく感じたんよ。だから桃花さんにも試そうと思って」

ざわざわと鳥肌が立った。桃花は、実のところ、こうして責められるのも好きなのだ。

百合子は桃花を見下ろしたあと、身体をかがめ、両腕で乳房をつかむ。

「大きいおっぱい、柔らかくて本当に素敵。男の人が寄ってくるやろ」

百合子の声は、どこか笑っているようだ。

「うん……」

「うちの夫も、桃花さんのこと、胸が大きくて男好きする身体やって言ってた。桃花さんをいやらしい眼で見てるの、私知ってる。だからね、すごくうれしいんよ。私がこうして桃花さんを好きにできるのが、いい気味やねん。男なんかにふれさせたくないもん」

百合子は桃花の乳房の先端に食らいつき、軽く歯を立てひっぱる。

少し痛みが走るが、それが心地よく、桃花は自分の股間から熱い液体が溢れて太ももを流れるのに気づいた。

「桃花さんの身体に、いっぱい私の痕、つけちゃう。私のもんやから」

百合子は桃花の首筋、胸元、肩に嚙みついて、歯を立て、時に強く吸い続けた。

上半身ばかり百合子が責めるので、桃花は太ももの狭間の疼《うず》きに耐えられなくなり両脚を閉じてすり合わせる。

「桃花さん、おっぱいも感じるんやね」

「百合子さんだから……」

「私やから、何？」

「どこさわられても、気持ちいい」

「うれしい」

百合子は桃花の頬に手を当てながら、唇を上からかぶせるように重ね、舌を入れる。

出会った頃は、自信なさげで発する言葉も曖昧《あいまい》だった百合子は、平穏な結婚生活を送るために、感情を抑えてるのが癖になっていたのだと今ならわかる。

セックスは、裸になり、恥ずかしいところを露わにして、いやらしくなればなるほどに心を解放できる。だから今、百合子はこんなにも大胆で、最初の頃とは別人のようだ。

「ねぇ、桃花さん、さっきから脚をムズムズさせてて、どうしたん？」

「どうしたって……」

「さわって欲しい？」

「……知ってるくせに」

「我慢してる桃花さん、可愛いんやもん。でも、私もさわりたいから、脚を開いて」

桃花は、誰かに見せつけるように、大きく股を開いた。

ぬめっている蜜壺も、排泄の穴も、露わになっているはずだ。

「桃花さん、素敵」

百合子は身体を起こし、桃花の両脚の狭間に身体を置いて、脚を持ち上げる。

「いやっ」

桃花のその部分が宙に大きく広げられる。

百合子は顔を埋め、ちゅううと音を立てて吸い込んでくる。

「あーーーっ！」

我慢できずに、桃花は大きな声を出した。

「桃花さん、最高。桃花さんの身体、美味しい。もう、男なんかいらない――」

「……私と、夫……西沢さんと、どっちが好き？」

桃花は両脚を宙に広げたまま、そう問いかける。

「決まってるやろ」

百合子が躊躇《ためら》うことなく口にすると、「やめてくれ」と声がして、部屋に備えつけてあるクローゼットの扉が開いた。

「もう、いいから」

そう言いながら、膝を曲げてクローゼットから出てきた西沢が、腰を落とす。

百合子は驚愕《きょうがく》の表情を浮かべ、西沢と桃花の顔を交互に見ている。

「百合子さん、これ、外してくれる?」

桃花にそう言われて、百合子は桃花の手首を拘束しているストッキングを外した。

西沢は、うつむいてるので、表情は見えない。

「桃花さん、どういうことなん」

百合子が声を震わせながら問いかける。

「西沢さんから、妻がおかしい、男がいるかもって相談受けてたの。だから」

——妻が本当は何をしているか、いっそ見せつけてやろうか——と、桃花は口にするべきか迷った。

賭けだった。

心がバラバラなのに、別れようとしない夫婦への怒りもあったし、百合子の気持ちも確かめたかったのだ。

何度身体を重ねても、不安だった。百合子がある日、突然自分のもとを去って、夫と何もなかったかのように夫婦生活を続けていき、結局自分はひとりになるのだと考えると、寂しくてたまらなかった。

男を愛せない女だから、ひとりで生きていく——そう決めていたのに、百合子と愛し合うようになって、ひとりが寂しいという感情が湧き上がってきたのだ。

百合子の気持ちを、試したかった。もちろん、西沢にバレてしまったら、職場で桃花がレズビアンだと広まってしまう可能性もあるから、それなりに覚悟を決めてだ。

桃花が家に誘うと、西沢は喜んで乗ってきた。そして、「見せたいものがあるから、いったんクローゼットに隠れて、しばらく出てこないで、お願いね」と言うと、「変わったプレイだな」と言いながら、素直に従った。隙間からずっと見ていたに違いない。

西沢が泣いているのに桃花は気づく。

男としての自分を否定されて、傷ついているのだ。

女同士が愛し合うことを否定したり、認めたがらないのは、男である自分が不要であるというのが耐えられないからだろう。

「俊彦さん」

百合子がベッドから降りて、うずくまっている西沢の肩に手を置く。

桃花は百合子の背中を、じっと見つめていた。

これで、すべての関係が終わっても、しょうがないのは承知している。自分の結婚生活を壊すのかと百合子が怒っても、仕方がない。百合子は、西沢とやり直し、桃花と別れるとなっても——。

「百合子、俺、今までちゃんとかまってやれてなくて……でも、まさか、女と——俺がお前をほっといたから」

「そうやないの」

百合子は優しい声を出して、西沢の肩を抱いている。

やはりこのふたりは、夫婦という結びつきがあるのだ——桃花の胸が痛んだ。

「あなたがどうであろうが、私は桃花さんと出会ったら、どんな状況でも好きになってたと思う」

百合子がそう口にすると、西沢が顔をあげた。

「女同士なんて、ありえない。百合子、お前、おかしいぞ」

「私はあなたにおかしいと判断されるような、自分の意志がない人間やない。桃花さんのことが好き。ごめんね、俊彦さん。もう嘘は吐《つ》けへん」

桃花のほうからは、西沢の表情が奇妙に歪んでいるのが見えた。自分の想像や理解を超えた出来事に遭遇して、混乱しているのだろう。

「俊彦さん、一度、落ち着いてからこれからのこと話さへん？　今日はとりあえず帰るか、それとも続き、見ていく？」

百合子がそう口にすると、西沢は感情を思い出したかのように怒りを湛《たた》えながら、立ち上がった。

「――俺は、絶対に許さないから」

脚をもつれさせ、ふらつきながら、西沢は逃げるように桃花の部屋を出て行った。

「ごめんね」

桃花は、ベッドに戻ってきた百合子に、そう言った。

「謝ることないの。私も同じこと考えてたんやから」

「同じこと？」

「どうせ言ってもあの人は、わからへんし、認めないやろうから、見せつけるしかないかなって」

百合子はそう言って、笑みを浮かべた。

もう後戻りできない――その表情に、百合子の覚悟が見える。

「桃花さんはあの人が見てること知ってたんよね。もしかして、いつもより興奮してたんじゃない？」

百合子が問いかけた。

「うん。いやらしいことしてるの見せつけてやろうって考えてたら……」

桃花の言葉を遮ったのは、百合子が唇を押しつけてきたからだ。

ふたりはどちらからともなく腕を伸ばし、むせ返るような花の匂いに包まれ、抱き合いながらベッドに倒れ込んだ。

解説

及川眠子《おいかわねこ》
（作詞家）

言葉を扱う仕事ということでは同じでも、小説家と作詞家は、モチーフの使い方や発想の方法など、いろんなことにおいてずいぶん違うんだなぁと、花房観音さんの著作を読んで改めて感じた。

今回上梓された短編集『秘めゆり』は、すべて和歌がモチーフになっている。「歌」を主軸に描いた物語だから、及川さんの仕事にも関連性があると思って……と花房さん。しかし読み進めていくほどに、なるほど私には小説は書けないわといちいち納得。歌詞を書けるからといって小説が書けるわけではないし、逆もしかりだ。

まずは本書の解説から始めてみよう。

あかねさす　紫野《むらさきの》行き　標野《しめの》行き　野守は見ずや　君が袖振る

『万葉集』に収められている、額田王《ぬかたのおおきみ》の有名な歌である。

この歌への返歌が大海人皇子《おおあまのみこ》、後の天武天皇《てんむ》が詠んだ、

紫草《むらさき》の　にほへる妹を　憎くあらば　人妻ゆゑに　われ恋ひめやも

という歌だ。

かつて自分の恋人だった額田王を兄の天智天皇《てんじ》に奪われ、その後偶然再会した二人。そこでの互いの気持ちを和歌にしたためていく。

「人妻ゆえに」ではこの歌をモチーフに、自分と兄と、そして昔の恋人で今は兄の妻になっている女との、禁断の恋の再燃となる物語が繰り広げられていく。もちろん官能小説を謳《うた》っている本書であるから、激しい性描写も描かれている。

同じ物書きでもまったく手法が違うと感じたのは、歌詞を本業にしている私の場合は、この額田王の歌から取り出すのは、おそらく「不倫」というシチュエーションだけだ。「紫野」などの美しい名詞は足すかもしれない。でもその相手が誰であるか、どんなふうに出会ったのかなどは、基本聴く側の想像に任せる。そこまでは限定しない。たぶん花房さんの小説を読んで「これを歌詞にしてくれ」と言われても、同じことをするだろう。

誰と誰がどこで何をしたという情景や状況の描写は、ほんの少し見せるだけ。歌詞は文字数やメロディーの縛りがあるので、説明だけに終始してしまえば、逆に何

も伝わらなくなるからだ。

逆に小説は細部まできっちりと書いていく。登場人物の性格や容姿を明確に決め、情景や状況までも書き込んでいって、そこに読み手の共感性を持たせようとする。一つの点からどんどん派生して大きな模様を描く、そんな作業であるんだろうなと、私は感じた。

小説は物語を紡《つむ》ぐもの、詞は物語を想像させるもの。

ちなみに、歌詞はだいたい三〇〇から四〇〇文字くらいが主流だ。もちろんそれよりも少なかったり多かったりする歌詞はたくさんあるけれど、それくらいの文字数でおさまるものがいちばん多いと思う。通常は印税契約になっているので、ビッグヒットを出せば、一文字当たりの単価が最も高い職業なのかもしれない。特に私は、バラード曲など言葉が少なければ少ないほど得意だ。

もともと音楽が好きで、とにかく歌の世界に関わっていたくて作詞家になった。言葉が少ないものの方が得意というなら、短歌や俳句を書けばいいのにと言われるけれど、それはまた違う。なぜなら俳句や短歌ではたぶん私の伝えたいことを書ききれず、また「音に乗る言葉」にしか興味がないからだ。

小説に歌詞に俳句、短歌、詩、脚本、エッセイなどなど。言葉を駆使し物語を作っていく仕事はたくさんある。でもその分野で成功しているほとんどの人は、自分にとって「これがいちばん気持ちのいい言葉数」というものを持っていると思う。

話を戻そう。
本書のタイトルにもなっている「秘めゆり」。

夏の野の　茂みに咲ける　姫百合の　知らえぬ恋は　苦しきものぞ

こちらも同じく『万葉集』に出てくる大伴坂上郎女《おおとものさかのうえのいらつめ》の歌である。想いを寄せる人に知られないなんて苦しいものなんだろうと、と秘めた恋のつらさを詠んだもの。勘のいい人はタイトル「秘めゆり」だけで気付くだろう、レズビアンの恋の物語である。「百合」は女性同士の恋愛を示す言葉で（すでに廃刊となったが、かつて男性同性愛者向けに『薔薇《ばら》族』という雑誌があり、男性同性愛者を指す「薔薇族」の対義語として、女性同性愛者を「白百合《しらゆり》」「百合族」と呼んだのがきっかけという説がある）、主人公の名前は百合子。
私はいま《八方不美人》というユニットのプロデュースを手掛けている。彼ら（彼女らと呼ぶべきか）は、ゲイタウンで知られている新宿二丁目を中心に活動するドラァグクイーンたちだ。その仕事が縁でＬＧＢＴＱの知人友人たちも増え、彼らからいろんな話を聞く機会も多い。

もともとは異性愛者であったのが、男性から酷い目に遭ったり男性との恋愛に失望したり、それでレズビアンになる人たちも中にはいると聞く。「秘めゆり」と、その続編である「くれなゐの桃」もまたそんな女性の物語。

同性であるがゆえに理解できる体の仕組み、性感のありよう。痛みを癒してくれて、本当に心を許しあえる相手がたまたま同性であったというだけかもしれないし、どんな結論であれ愛のかたちはいろいろあって、正解もないし間違いもない。

男と女、男と男、女と女。いずれにせよ、そこに愛があれば、それはどんな方法であれ愛である、というのが私の考えだ。

また、本書は全体的に京都弁での会話が繰り広げられている。まったりとして艶《あで》やかな京都弁で交わされる恋愛は、妙ななまめかしさやリアルを纏《まと》う。

女性同士、男性同士の恋愛をテーマに、私も詞を書いたことがあるが、その場合は比喩や暗喩を駆使して、それとなく「匂わせる」程度にとどめておいた。その方が歌となったときに、自分の体験などと照らし合わせてリアルに伝わるからである。《八方不美人》に書いている歌詞も、あなたと私の一人称二人称だけで、それが男同士であることを特定していない。

「これは男女の恋愛なの？」

「ご想像にお任せします」

そう答えるのが、作詞家としての親切心だと思っているからでもある。

そこもまた小説との圧倒的な違い。「想像にお任せします」では、おそらくわけのわからない物語にしかならないだろう。


七編の短編で綴られている本書の中にはいろんなパターンの恋愛と官能があるが、中でも私が最も好きだったのは「雪の跡」。

跡つけし　その昔こそ　恋しけれ　のどかにつもる　雪を見るにも

『新後拾遺和歌集』に収められた小侍従《こじじゅう》が詠んだ歌をモチーフに編まれた、主人公の一人語りで進められていく作品である。

長年の不倫の相手が結局自分の妻を取り、口先だけの優しさを残して去って行く。その狡さも保身もすべて受けとめ、且つ、ものわかりのいい女を演じながら、相手との情事を録音したものを妻に送り付けようとする。物語の最後はそれで終わっている。

復讐とか未練とかそういったものではない。ただ「私を忘れさせてやらない」という情念が女を突き動かす。なかったことにされるより恨まれ続ける方がよっぽどいいと。

私は、この底意地の悪さ、絡みつくような情念が、まさに花房さんの真骨頂だと思うのだ。官能を描いていても、そこにはセックス描写だけでは終わらないものが、いつも花房さんの小説を読んだときに胸に流れ込む。それはきっと花房さんの「心」だ。

人の肌の下には心がある。肌を重ねることで、だから見えてくるものがある。セックスは時には救いになったり執着に変わったり愛情をつれてきたり……。体と体の交わりからいろんなことが始まり、そして終わる。どんな場合でもそこに心を介在させて。

個人的な願いを言うなら、こういうどうしようもなく愚かで卑しく、だけど人の胸の奥にじっとりと存在する闇をもっともっと書いていってほしい。

歌は時代を映す鏡である。社会情勢も目の前に拡がる景色も流行り廃りも、まるで縮図のように歌の中に存在している。

かつては和歌。そして、私がいまも追いかけているのは流行歌。時代に流されながら、だけど時代を超えて残るものが、時にはある。

しかし変わらないもの、それは人の心だ。

どんなに科学が発達しようとＡＩが人間を凌駕《りょうが》する存在となっても、人の心は心のまま絶えず時代の波に揺られている。草食男子だのが増え、「秘めゆり」に登場するレズビアンを含めたＬＧＢＴＱの人たちのカミングアウトが増えても、人が人を愛することや、それに付随するセックスへの探究心や迷いや悩みも、どれだけ時が経っても消えてしまうことはないだろうと思う。

小説家は物語を紡いでいく。作詞家は物語を想像させせようとする。でも、ともに探しているのは、きっと「心」だ。

初出誌

秘めゆり　特選小説　二〇一九年六月号
雪の跡　特選小説　二〇二〇年一月号
あいみての　特選小説　二〇一九年二月号
人妻ゆえに　特選小説　二〇一八年十二月号
萩の寺　特選小説　二〇一九年九月号
君が若さよ　書き下ろし
くれなゐの桃　Ｗｅｂジェイ・ノベル　二〇二〇年五月十九日配信

本作品はフィクションです。実在の人物や組織とは一切関係ありません。（編集部）

実業之日本社文庫　好評既刊

実業之日本社文庫　好評既刊

佐藤青南
白バイガール

泣き虫でも負けない！　新米女性白バイ隊員が暴走事故の謎を追う、笑いと涙の警察青春ミステリー！　迫力満点の追走劇とライバルとの友情の行方は——？

さ41

佐藤青南
白バイガール　幽霊ライダーを追え！

神出鬼没のライダーと、みなとみらいで起きた殺人事件。謎多きふたつの事件の接点は白バイ隊員——？　読めば胸が熱くなる、大好評青春お仕事ミステリー！

さ42

佐藤青南
白バイガール　駅伝クライシス

白バイガールが先導する箱根駅伝の裏で、選手の妹が誘拐された!?　白熱の追走劇と胸熱の人間ドラマで一気読み間違いなしの大好評青春お仕事ミステリー。

さ43

佐藤青南
白バイガール　最高速アタックの罠

SNSで拡散された過激な速度違反動画を捜査するなか、謎のひき逃げ事件が発生。生意気な新人白バイ隊員・鈴木は容疑者家族に妙に肩入れするが——。

さ44

小路幸也
モーニング Mourning

80年代に大学時代を過ごした親友の葬儀で福岡に集まった仲間4人。東京に向けて、あの頃へ遡行するロングドライブが始まった……。（解説・藤田香織）

し11

小路幸也
コーヒーブルース Coffee blues

このカウンターには、常連も事件もやってくる。そして店主と客たちが解決へ——。紫煙とコーヒーの薫り漂う喫茶店ミステリー。（解説・藤田香織）

し12

実業之日本社文庫　好評既刊

中山七里
嗤う淑女
稀代の悪女、蒲生美智留。類まれな頭脳と美貌で出会う人間すべてを操り、狂わせる——。徹夜確実、怒濤のどんでん返しミステリー！（解説・松田洋子）
な51

七尾与史
歯科女探偵
スタッフ全員が女性のデンタルオフィスで働く美人歯科医&衛生士が、日常の謎や殺人事件に挑む。現役医師が描く歯科医療ミステリー。（解説・関根亨）
な41

西澤保彦
腕貫探偵
いまどき〝腕貫〟着用の冴えない市役所職員が、舞い込む事件の謎を次々に解明する痛快ミステリー。安楽椅子探偵に新ヒーロー誕生！（解説・間室道子）
に21

西澤保彦
腕貫探偵、残業中
窓口で市民の悩みや事件を鮮やかに解明する謎の公務員は、オフタイムも事件に見舞われて……。大好評〈腕貫探偵〉シリーズ第2弾！（解説・関口苑生）
に22

西澤保彦
モラトリアム・シアター produced by 腕貫探偵
女子校で相次ぐ事件の鍵は、女性事務員が握っている？　二度読み必至の難解推理、絶好調〈腕貫探偵〉シリーズ初の書き下ろし長編！（解説・森 奈津子）
に23

西澤保彦
必然という名の偶然
探偵・月夜見ひろゑの驚くべき事件解決法とは？〈腕貫探偵〉シリーズでおなじみ〝櫃洗市〟で起きる珍妙な事件を描く連作ミステリー！（解説・法月綸太郎）
に24

実業之日本社文庫　好評既刊

西澤保彦
小説家　森奈津子の華麗なる事件簿
〝不思議〟に満ちた数々の事件を、美人作家が優雅に解く！　読めば誰もが過激でエレガントな彼女に夢中になる、笑撃の傑作ミステリー。

に26

西澤保彦
小説家　森奈津子の妖艶なる事件簿　両性具有迷宮
宇宙人の手により男性器を生やされた美人作家・奈津子。さらに周囲で女子大生連続殺人事件が起きて……。衝撃の長編ミステリー！（解説・森 奈津子）
に27

西澤保彦
探偵が腕貫を外すとき　腕貫探偵、巡回中
神出鬼没な公務員探偵〝腕貫さん〟と女子大生・ユリエが怪事件を鮮やかに解決！　単行本未収録の一編を加えた大人気シリーズ最新刊！（解説・千街晶之）
に28

西澤保彦
帰ってきた腕貫探偵
腕貫探偵の前に、先日亡くなったという女性作家の霊が。だがその作家は50年前に亡くなっているはずで――。人気痛快ミステリ再び！（解説・赤木かん子）
に29

貫井徳郎
微笑む人
エリート銀行員が妻子を殺害。事件の真実を小説家が追うが……。理解できない犯罪の怖さを描く、ミステリーの常識を超えた衝撃作。（解説・末國善己）
ぬ11

春口裕子
悪母
岸谷奈江と一人娘の真央の身に起きる悪意に満ちた出来事は一通のメールから始まった。ママ友の逆襲が止まらない……衝撃のサスペンス！（解説・藤田香織）
は12

実業之日本社文庫　好評既刊

池波正太郎・森村誠一 ほか／末國善己編
血闘！ 新選組
江戸・試衛館時代から池田屋騒動など激闘の壬生時代、箱館戦争、生き残った隊士のその後まで「誠」を背負った男たちの生きざま！ 傑作歴史・時代小説集。
ん27

安部龍太郎、隆慶一郎ほか／末國善己編
龍馬の生きざま
京の近江屋で暗殺された坂本龍馬。妻・お龍、姉・乙女、暗殺犯・今井信郎、人斬り以蔵らが見た真実の姿。龍馬の生涯に新たな光を当てた歴史・時代作品集。
ん28

浅田次郎、火坂雅志ほか／末國善己編
動乱！ 江戸城
泰平の世と言われた江戸250年。宿命を背負って困難と立ちむかった人々の生きざまを、浅田次郎、火坂雅志ほか豪華作家陣が描く傑作歴史・時代小説集。
ん29

織田作之助 著／七北数人 編
夫婦善哉・怖るべき女 無頼派作家の夜
生誕100年、大阪の風俗と庶民の喜怒哀楽を活写した小説・エッセイ。〈そこには、人間の本質的なスリルがある。――津村記久子〉
ん31

坂口安吾 著／七北数人 編
堕落論・特攻隊に捧ぐ 無頼派作家の夜
表題作ほか「白痴」「桜の森の満開の下」など代表作、酒にまつわる小説・エッセイ。〈安吾の言葉が私の人生を支えている。――西川美和〉
ん32

太宰 治 著／七北数人 編
桜桃・雪の夜の話 無頼派作家の夜
表題作ほか「ヴィヨンの妻」「東京八景」など代表作から太宰、安吾、織田作が一同に会した座談会まで。〈ここに私がいる。――角田光代〉
ん33

実業之日本社文庫 は26

秘《ひ》めゆり

2020年6月15日　初版第1刷発行

著　者　花房観音《はなぶさかんのん》

発行者　岩野裕一
発行所　株式会社実業之日本社
〒107-0062　東京都港区南青山5-4-30
CoSTUME NATIONAL Aoyama Complex 2F
電話 [編集]03(6809)0473 [販売]03(6809)0495
ホームページ　https://www.j-n.co.jp/
DTP　ラッシュ
印刷所　大日本印刷株式会社
製本所　大日本印刷株式会社

フォーマットデザイン　鈴木正道(Suzuki Design)

ISBN978-4-408-55598-0（第二文芸）